最後の晩ごはん

後悔とマカロニグラタン

椹野道流

角川文庫
23053

登場人物

イラスト／くにみつ

五十嵐《いがらし》海里《かいり》

元イケメン俳優。
現在は看板店員として
料理修業中。

夏神《なつがみ》留二《りゅうじ》

定食屋「ばんめし屋」店
長。ワイルドな風貌。料
理の腕は一流。

ロイド

眼鏡の付喪神。海里を
主と慕う。人間に変身
することができる。

最後の晩ごはん 後悔とマカロニグラタン

淡海《おうみ》五朗《ごろう》

小説家。「ばんめし屋」の馴染み客。今はもっぱら芦屋で執筆中。

倉持《くらもち》悠子《ゆうこ》

女優。かつて子供向け番組の「歌のお姉さん」として有名だった。

里中《さとなか》李英《りえい》

海里の俳優時代の後輩。真面目な努力家。舞台役者目指して現在充電中。

最後の晩ごはん　後悔とマカロニグラタン

五十嵐《いがらし》奈津《なつ》

獣医師。一憲と結婚し、海里の義理の姉に。明るく芯の強い女性。

五十嵐《いがらし》一憲《かずのり》

海里の兄。公認会計士。真っ直ぐで不器用な性格。

砂山《さやま》悟《さとる》

カフェ兼バー「シェ・ストラトス」オーナー。元テレビ局のプロデューサー。

プロローグ

ジャッ、ジャッ……。

小気味いい音を立てて米を研ぎながら、夏神留二《なつがみりゅうじ》はいつもは一文字に引き結んでいる唇をふっと緩めた。

無論、定食屋の主《あるじ》であるからには、料理全般が好きなのは当たり前なのだが、その中でも夏神がいちばん好きなのは、もしかすると、この「米を研ぐ」という行為かもしれない。

白くて小さな米粒たちをザラザラとボウルに量り入れ、たっぷりの水で素早く洗って水を切り、それから研ぐ。

研ぐといっても、昔、祖母や母がしていたように、手のひらで米を押し潰《つぶ》すようなやり方は、もうしない。

ボウルの中の米を両の手のひらでごく軽く、優しく揉《も》むようにするだけだ。

それをしばらく繰り返してから、ボウルに水をたっぷり入れて底から掬《すく》うように掻《か》き混ぜ、濁ったとぎ汁を捨てる。

精米技術が上がり、今では古米でもない限り、水が完全に透明になるまで濯《すす》ぐ必要はなくなった。

それでも夏神は、どちらかといえば水があらかた澄むまで、水を入れ替えたいほうである。

もしかすると、師匠の船倉和夫《ふなくらかずお》がそうしていたからかもしれない。

「街の洋食屋には、最高級の米なんぞ使われへんからな。そこそこの米でもどないかして、料理の邪魔をせん、変な癖のない、無難に食える飯に炊き上げげんとあかん」

そんな独特の言い回しをして、そのくせとても愛《いと》おしそうに、船倉はふっくらした肉厚の手で、丁寧に米を研いでいた。

彼の常に実直な仕事ぶりを見ていた夏神には、「さほど高価でない米でも、炊き方を工夫すればちゃんと旨《うま》い飯が炊ける」という意味だとわかっている。

今、夏神が店で使っている米は、信頼できる専門店が、毎週精米して送ってくれる。

米の種類は、折々に変わる。銘柄米のこともあればブレンド米のこともあるが、いずれにせよ、夏神は「あまり粒が大きすぎない、素直な味の米がいい」というシンプルな要望を最初に伝え、あとは店主のチョイスに任せている。

店を開いて一年あまりは試行錯誤の日々が続いたが、今では、店主は夏神の好みの米をかなり正確に把握しているし、夏神のほうも米炊きの腕を上げ、常時、満足のいく白飯を客に提供できるようになった。

今、研いでいるのは、さっき届いたばかりの米である。

夏神が洗い上がった米を炊飯器の内釜《うちがま》に入れているところに、大あくびをしながら階段を下りてきたのは五十嵐海里《いがらしかいり》だった。

今日は土曜日。店は休みなので、海里は住み込み従業員というより、夏神の弟子兼同居人という立ち位置だ。

「おう、おはようさん。よう寝たな」

夏神が声をかけると、スエットの上下を着た海里は、う〜んと伸びをしながら挨拶《あいさつ》を返してきた。

「おはよ。冬は、仕事でもないと、布団から出る気力がなかなか湧いてこないよ。トイレ我慢すんのが限界だったから、泣く泣く起きたんだ。ロイドの奴はまだ寝てる。眼鏡はいいよな、トイレ行かなくていいし」

「眼鏡がトイレ行きよったら、むしろ怖いやろ。何が出るねんな」

「あはは、そりゃそうだ。ところで、夏神さん。こんな中途半端な時間に、飯炊くの？」

夏神がいる厨房《ちゅうぼう》に入ってきた海里は、不思議そうに首を傾げた。

時刻は、午後二時を少し過ぎたところだ。

確かに中途半端な時間帯で、海里が訝《いぶか》しむのも当然である。夏神は、まだ米びつに中身を移す前の、大きな米袋を指さした。

「さっき、来週分の米が届いたんやけど、しばらくぶりに銘柄が変わったんや。そやから、試し炊きしてみよかと思うてな。炊きたてと何時間か保温した奴と、冷ました奴。全部食うて味と硬さの変化を知っとかんと、落ちつかんやろ」

「あー、なるほど。時間ごとの変化を見るなら、今くらいから炊いとかないとだね」

すっかり定食屋の店員が板についた海里は、夏神の意図をすぐに理解し、米袋に印刷された銘柄を声に出して読み上げた。

「淡路島《あわじしま》産きぬむすめ、か。俺、『きぬむすめ』って初めて聞くなぁ」

「俺も初めて炊く。お米屋さんが添えてくれてはるメモ書きには、『比較的軟らかく炊ける傾向あり。色白く、ツヤあり』て書いてあるわ」

夏神の説明に、海里は顔を輝かせた。

「白くてツヤがあるってのはいいね！　いかにも旨そうじゃん」

「そやな。軟《や》らこう炊ける傾向があるんやったら、吸水は敢《あ》えてさせんと、そのまんま炊いてみようと思うてな。今日はどっこも行かへんのやったら、もうちっと待って、一緒にブランチはどや？」

夏神がそう言うと、海里は壁の時計を見て笑った。

「ブランチっていうか、世間的にはおやつタイムじゃね？　ああでも、食う食う。その頃には、ロイドも起きてくるだろ」

「せやな」

夏神は慎重に水加減をして、炊飯器の蓋《ふた》を閉め、スイッチを入れた。

海里は冷蔵庫を開け、中に入っている残り物をチェックしてから、「はいっ！」と元気よく手を挙げた。

「何や？」

小学生のような海里の仕草に、夏神は苦笑いで訊《たず》ねる。

海里は楽しげに言った。

「絶対的主役は飯だろ。だったら、飯が進む、日替わり定食の副菜になりそうなもんを試作できたらいいなと思って」

「おう。何ぞアイデアあるんか？」

「まずはめっちゃド定番に人参《にんじん》と大根の味噌汁《みそしる》！　どっちも中途半端に残ってっから。ご飯食べるんなら、汁物はマストでしょ」

即答した海里に、夏神は唇をへの字にした。

「そらそうやけど、今さら試作するまでもない奴やないか」

しかし海里は、すました表情で人差し指を立て、「ちっちっ」と左右に振ってみせた。

「ここからが、食材を無駄にしない賢い試作！」

しかし夏神は、腕組みしてにべもなく言い放った。

「どうせ大根の皮を使《こ》うて、きんぴらでも作るんやろ」

「ウッ。バレバレかあ」

どうやら図星だったらしく、海里はガックリと肩を落とす。夏神は眉尻《まゆじり》を下げて困り顔で笑った。

「そないなもん、禅寺の坊さんがたは大昔からやっとるで。あの人らは、『しまつ』の鬼やからな。頭が下がるわ」

しかし、海里は気を取り直した様子でなおも食い下がる。

「そ、それはそうなんだけど！　もうちょっとこう、グレードアップした奴をって思ってさ」

「お、そらおもろいな。ええで、いっぺん食わしてくれや」

「オッケー！　じゃあ、夏神さんは味噌汁担当ね」

「なんや、俺もやるんかいな」

意外そうに自分の鼻先を指さす夏神に、海里は涼しい顔で言い返す。

「何もしないと、飯が炊けるまでの間、暇過ぎでしょ？」

「まあ、それもそうか」

あっさり納得して、夏神は手を洗い、仕事のときとは違って、幾分おっとりと支度に取りかかった。

片手鍋《なべ》に水を張って火にかけ、海里がまな板の上に置いた大根の皮を手早く厚めに剝《む》く。そしてそれを、待ちかまえている海里に手渡した。

「ほい。人参は、商売違《ちゃ》うから皮ごと入れるわ。出汁《だし》も、俺らだけやし顆粒《かりゅう》で済ませるで。ほな、お前のお手並み拝見といこか」

「……そこまでじゃないって。むしろこっちがお手並み凝視しちゃうっての。夏神さん、やっぱ野菜刻むの上手《うま》いよね」

「誰に言うとんねん」

呆《あき》れ顔で言い返し、夏神は人参と大根を鮮やかな手つきで短冊切りにしていく。

「たまには弟子が師匠を褒めたって、新鮮でいいじゃん？」

しれっとそう言い、自分もきんぴら用に、大根の皮と、夏神と分け合った人参を刻み始めた海里は、手を止めずに告白した。

「さっきさ。階段の途中で、しばらく夏神さんのこと見てた」

夏神のほうは、意外そうに眉を数ミリ上げる。

「あ？　気づかんかったわ。気持ち悪いことすなや」

「ゴメンゴメン。だけど、何だか凄《すご》く楽しそうな顔でお米研いでたから」

「楽しそうやったか、俺？」

「凄く。あ、いや、別にいつもつまんなそうにしてるわけじゃないけどさ。なんかいいことあったのかなって思っちゃう感じの顔だったよ」

「別に、なんもあれへんけど」

夏神は刻んだはしから野菜を鍋に放り込みつつ、少し照れた顔つきで言葉を継いだ。

「死んだ師匠の言葉を思い出しとったからかもしれん」

海里は、硬いがみずみずしさも十分に残っている大根の皮を丁寧に刻みながら、興味津々の視線を夏神にチラと向けた。

「大師匠のこと？ なになに？ 俺も知りたい」

海里のリクエストに応《こた》えて、夏神は、船倉のぶっきらぼうな口ぶりを真似てみせた。

「こんな風に言うてはった。『ええ食材は、料理人を助けてくれる。ワンランク上の料理を作らしてくれるんや。二流の料理人に準一流の味を、一流の料理人には超一流の味をな』て」

海里は、曖昧《あいまい》に首を縦に振る。

「そりゃそうだよね」

「ほんで、こうも言うてはった。『そやけど、うちは庶民がちょっとだけ張り切ってくる店や。そない高い金は取れん。高い金が取れん以上、高い食材は買われへん。そやからこそ、俺らは最高の腕を持たなアカンのやぞ、留二。二流の食材を一流の料理にする腕を持て。それが、街の料理人の戦い方や』て」

海里は感銘を受けた様子で、愛用のペティナイフを置いた。

「か……っこいい！」

夏神も、ホロリと笑って同意した。

「かっこええわなあ。今、こうしてちっこい定食屋の主《あるじ》になってみたら、あんときの師匠の言葉が、胸にズシーンと響きよる。こら、手ぇ止めんな。飯が先に炊けてしまうで」

「あ、しまった。けど、マジでかっこいいな。街の料理人の戦い方、かあ」

海里は感動を素直に声に滲《にじ》ませ、刻んだ大根の皮と人参を、ガラスのボウルに入れた。水道水を指につけてちゃっちゃと散らしてから、ラップフィルムをふわりと掛けて、電子レンジに入れる。

夏神は、店で出す料理には決して使わない顆粒だしを鍋に軽く振り入れ、しみじみと言った。

「超一流の食材を最先端の設備で調理して、最高級の食器で提供するなんちゅう機会は、俺には一生あれへんやろう。そんな最高の環境で一流の腕をふるう料理人には、勝つどころか、同じ土俵で戦うチャンスすら貰《もら》われへん」

海里は戸惑い顔で、それでも素直に肯定の返事をした。

「そりゃそうだ。ここはそういう店じゃないもん。大師匠の洋食屋とも違って、普通の人たちが、普通に飯食いに来る店だもん。ロブスターやら松阪《まつさか》牛やらフォアグラやら出されても、お客さんだって面食らうよ」

「いっぺんくらいはそんなん出して、お客さんをビビらしてみたい気ぃもするけどな。まあ、それはこの店が二十年、三十年続いたときの楽しみにとっとくわ」

夏神は声を上げて愉快そうに笑ってから、ふと真顔に戻ってこう言った。

「そやけどな。結局、そないな他人との勝負は必要ないねんな。俺はこの店で、ほどほどの食材を、電卓叩《たた》いて唸《うな》りながら仕入れて、それを知恵を絞って料理しながら、腕を磨いていくんや。今日の俺は、昨日の俺と戦いながら、かろうじてでも勝ち続けていけたらそれでええ。米を研ぎながら、そないなことを考えとった」

海里はいつものようにすぐ軽口を叩いたりせず、こちらも真面目な顔で考え込む。

電子レンジから野菜を回収しつつも、海里の顔はやはり真顔のままだった。

彼が再び口を開いたのは、軽く加熱した大根の皮と薄切りにした人参をフライパンで炒《いた》め始めてからだった。

「それって、分相応でいいってことなのかなって一瞬思ったけど、違うよね？」

野菜が煮えてきたので白味噌を溶き入れつつ、夏神も同意する。

「違うな。俺は、この店のありようが気に入っとる。たとえ今すぐ宝くじに大当たりしたとしても、ここを高級レストランにする気はあれへん。ここは今の俺が、いちばん俺らしゅう働ける場所や」

「わかる」

海里はやっと笑顔に戻り、冷蔵庫からちくわを一本取り出して戻ってきた。それを無造作に輪切りにして、フライパンに放り込む。

「お、ちくわ入りのきんぴらか。そら、ええな」

夏神もいかつい顔をほころばせる。

「大根の皮と人参を強火でジャッと炒めて、そこにちくわを足して」

「ほんで、酒と醬油《しょうゆ》とみりんと一味か？」

「ちっちっち！　今回は、みりんじゃなくて、砂糖。なんでかっていうと、辛味はこいってつけるから。最終段階で、シャッと入れる」

そう言って、調味料を並べている引き出しから海里がつまみ上げたのは、ラー油の小さなガラス瓶だった。

夏神の笑みが、ますます深くなる。

「はー、なるほど。胡麻《ごま》ラー油か。香ばしゅうなるし、パンチの利いた味になるな。確かに上品なみりんよりは砂糖の強い甘みのほうが、ラー油とがっぷり四つに組めるはずや」

「やった！　俺のチョイス、合ってた！」

海里は嬉《うれ》しそうに菜箸《さいばし》を持ったままガッツポーズを決め、それから夏神の顔を見た。

「さっきの話。俺はこの程度がお似合いだって卑屈になるわけじゃなくてさ、今の自分にふさわしい居場所をしっかり定めて、そこで最大限の努力を続けていくってこと……だよね？」

夏神は、味噌汁《みそしる》を小皿に少しだけ取って味見し、味噌の濃さを確かめながら頷《うなず》く。

「そやな。先はどうなるかわからんけど、今、自分より恵まれた環境におる奴を羨《うらや》んでもしゃーない。自分がその環境を与えられへんかったことを言い訳にしても何にもならん。常に、『今見える、いちばん高いとこ』を見据えて、そこに近づいていく。それしかあれへんやろ。俺はそう思うとるし、師匠が教えてくれた店主の心得も、そういうことと違うやろか」

やはり夏神が口にする言葉を一つずつ咀嚼《そしやく》するような顔つきで頷いた海里は、フライパンに調味料を次々と入れていく。

ジャッという小気味いい音と共に、香ばしい匂いが辺りに漂い始めた。

「仕上げに白ごまでも振ったらどないや？」

夏神の提案に、海里はニッと笑って頷いた。

「いいね！　さらにご飯の友度が上がりそう。……そっか。そういうのも、『今見える、いちばん高いとこ』へ向かう一歩だな」

「そういうこっちゃ。最後まで、気ぃも手ぇも抜いたらアカンで」

「了解！」

フライパンの中身を焦げ付かないように交ぜながら、海里は空いた手で敬礼の真似事をする。

夏神は、きんぴらの刺激的な匂いを心地よさそうに嗅《か》ぎながら、こう言った。

「そろそろ、米も炊ける頃や。まずは蒸らす前の煮えばなを、ちょいと食うてみよか。アルデンテの飯は、味がいちばんようわかる」

「いいね！　きんぴらも完成したことだし。見てよ、この照り。仕上げに振ったラー油の赤が、思ってたよりいい感じに映えてる」

海里は嬉しそうに自画自賛しながらガスの火を止め、夏神が置いてくれた楕《だ》円《えん》形の皿

「なる、ほど」

に、汁気がなくなるまで煮詰めたきんぴらを盛りつける。

その上から大きな手で炒《い》った白ごまを気前よく振りかけ、夏神は「少なくとも、見てくれは最高やな」と言って、ニッと笑った。

「食っても最高だよ、きっと！　今日の俺の、最高」

「今日の、か。明日《あした》には越えていく奴やな」

「毎日、ミリ越えていく予定。持続可能な進化を目指す」

「お前は、要らんとこで慎重やなあ。俺はセンチで越えていくで」

そんな軽快なやり取りをしつつも、夏神と海里は志を同じくする者どうし、互いの拳《こぶし》を軽く打ち付ける。

そんなふたりは、階段の途中で立ち止まったロイドが、ニコニコ顔で見守っているのに気づいていない様子だった……。

一章　福と鬼

兵庫県芦屋市《あしや》。

南北を山と海に挟まれたこの小さな街には、よく、六甲《ろっこう》おろしと呼ばれる強い風が吹く。特に真冬、六甲山に降る雪をはらんで吹き下ろすその風は、頬に突き刺さるほどの冷たさだ。

二月三日、節分の正午過ぎ。

強烈な六甲おろしを突っ切るようにスクーターを走らせていた夏神留二は、芦屋警察署の隣にある小さな一軒家に辿《たど》り着いた。

「うああ、寒っ」

思わず小さく身震いしながら、彼はスクーターのエンジンを切り、手袋をはめたままの両手で強張《こわば》った頬を擦《さす》った。

大柄な身体をさらに大きく見せる、たっぷりと羽毛が詰まったダウンジャケットを着込んではいるが、胴体以外はしっかり寒い。ニットキャップも手袋もマフラーも、寒さを和らげるものの、遮断まではしてくれないからだ。

山と海を繋《つな》げるように流れる芦屋川沿い、しかも警察署の裏手というなかなかレアな場所にあるこの小さな一軒家は、「ばんめし屋」という定食屋で、夏神はそこの店主、今風に言えばオーナーシェフである。

日没から夜明けまで営業し、しかもメニューは日替わり定食ただ一つという風変わりな定食屋の主《あるじ》もまた、元山男という一風変わった経歴の持ち主だ。

「こない寒かったら、客足が読めんやないか」

早くも今夜の心配をしながらスクーターを降りた夏神は、座席後ろに取り付けたボックスからエコバッグを取り出し、ヒョイと片手に提げた。筋骨隆々の腕にかかれば、たいていのものは「軽い荷物」になってしまう。

「あっ、夏神さん、おかえりー！　おはよ！」

「お帰りなさいませ！」

あたたかな店内に一歩踏み込むと、エネルギーに満ちた快活な声と、包み込むように穏やかな声が夏神を迎えた。

快活な声の持ち主は、元芸能人、現住み込み従業員の五十嵐海里。そして、穏やかな声のほうは……にわかには信じられないような話だが、海里が拾った、もとい助けた古い眼鏡の付喪神《つくもがみ》、ロイドが発したものである。

人ならざるものが、確かな、触れることができる肉体を持って目の前にいるという事実に、夏神も海里も、最初こそ大いに驚き、戸惑ったが、今となっては、それをごく自然に受け入れている。

むしろ、ロイドがいない「ばんめし屋」など、今の二人には想像することすら難しい。

「おう、おはようさんでただいま。二人とも起きとったか。外、めちゃくちゃ寒いで」

身震いしながら挨拶《あいさつ》を返す夏神に、海里は気の毒そうな顔をした。

「だよね。お疲れ。さっき起きて、今、ロイドとお茶飲んでたとこ。夏神さんが茶の間にいなかったから、買い出し行ったんだろなって思ってた」

「ご明察や。俺としたことが、うっかり買い忘れたもんがあってな。ちょうど銀行にも用事があったこっちゃし、JR芦屋駅界隈《かいわい》まで行っとった」

カウンター席にロイドと並んで座っていた海里は、手袋とニットキャップを取り、マフラーを解《ほど》きながら近づいてきた夏神の顔を見て、噴きだした。

「夏神さん、雪国の子供みたいになってるよ。鼻とほっぺた、めっちゃ赤い」

夏神は、今度は素手でもう一度、精悍《せいかん》なラインの頰に触れた。

「そうかぁ？　まあえらい冷えとるけど、ええ歳のオッサン捕まえて雪国の子供て」

「いや、マジでそうだって。なんか無駄に可愛いよ。なあ、ロイド」

「ええ、まるでお子さんが母君を真似てお化粧をなさったような具合で、たいへんに愛らしくていらっしゃいます」

海里はともかく、天真爛漫《てんしんらんまん》なロイドに大真面目に褒められては、夏神も咎《とが》めるわけにいかず、かといって少しも嬉しくはないので、リアクションに窮するというものだ。

「かなんな、お前らは。ほんまに」

夏神は閉口しきった顔つきでぼやき、テーブルにエコバッグをポンと置いた。

壁のフックにダウンジャケット、マフラー、帽子と順番に引っかけていく彼に、海里は椅子から降りて厨房《ちゅうぼう》に入りながら声を掛けた。

「まずは、何か飲んで温まりなよ。俺たちと同じ、ほうじ茶でいい？　それとも、コーヒーか何か淹《い》れる？」

「いんや、ほうじ茶がありがたいな」

「了解」

海里はやかんに水を注いで火にかけ、すっかり軽装になった夏神が、厨房に持って入ったエコバッグを見た。

「で、買い忘れって何？」

ロイドも興味津々で、海里がぬるく調整してくれたほうじ茶が入った湯呑《ゆの》みを手に、二人に続いて厨房にやってくる。

「夏神様が御みずからお買い求めとは、さぞ目利きが必要な食材でございましょうな。あるいは、特別な調味料などを？」

二人に問われた夏神は、「これや」と、エコバッグから何かを摑《つか》み出して二人に見せた。

「ん？」

「おや？」

それを見るなり、海里とロイドは顔を見合わせ、何とも微妙な表情を浮かべる。おそるおそる声を上げたのは、海里のほうだった。

「もしかしなくてもそれ、沢庵《たくあん》だよね？」

「そやで？」

夏神は、平然と頷《うなず》く。

「しかも、わりと普通の……黄色くてちょっと甘めの味付けの、昔ながらのやつだよね？」

「そやで」

海里の探るような問いかけに、夏神はこともなげに答える。

「なんや、沢庵、嫌いやったか？」

不思議そうに質問を返され、海里は曖昧《あいまい》に首を横に振った。

「いや、大好物ってわけじゃないかもだけど、普通に旨《うま》いと思うよ。でも、わざわざ起き抜けに買いに出たってことは、今日の日替わりに使うんだよね？　えっ、ガリだけじゃなくて、沢庵も添えるの？」

海里の問いかけに、夏神は「違《ちゃ》う違う」と真顔で答えた。

「添えるん違う。巻き込むんや、中に」

「今年も？　去年、けっこう賛否が分かれたのに」

海里は目を丸くした。

今日は節分なので、日替わり定食は、「太巻き寿司《ずし》一本と小さめの鰯《いわし》の生姜《しょうが》煮、野菜の小鉢、それに粕汁《かすじる》か豚汁を選択」という献立である。

節分の日替わり定食のメニュー構成は毎年ほぼ同じだが、去年の巻き寿司に沢庵漬けが入っていたことに、客の反応が様々だったことを思い出し、海里は疑問を口にする。

すると夏神は、ニヤッと笑ってこう言った。

「原点回帰や」

「へ？」

「これまで、節分の巻き寿司は、卵焼きや胡瓜《きゅうり》を流行《はや》りに乗って大きめにしてみたり、椎茸《しいたけ》の甘辛煮を刻んで入れてみたり、ちょっとだけええ具材を足してみたり、あれこれ工夫してきたけどな。今年は俺がガキの頃から食うてきた、いちばん馴染《なじ》みの深い奴にしようと思うて」

夏神の説明に、ロイドは興味深そうに茶色の優しげな目を輝かせた。

「夏神様の思い出の太巻き寿司ですか。それはたいへん興味深うございますね」

海里は「二煎《にせん》目でもいい？」と夏神にことわって、急須《きゅうす》に湯を注ぎながら、まだ不思議そうに首を捻《ひね》った。

「それは俺も興味ある。ってことは、夏神さんが昔から食ってた太巻きって、沢庵がマストだったわけ？」

夏神はこともなげに頷く。

「そやで？　まあ言うたら太巻きて言い出したんも最近で、俺らは昔はただ、巻き寿司て呼びよったけどな」

「へえ。俺は子供の頃から、太巻きって言ってたかな。それに、沢庵入りの太巻きなんて、ここ以外で食ったことなかったよ……、あ、待って。なくはない」

「お、ホンマか？」

「韓国《かんこく》の……キンパだっけ、あっちの海苔《のり》巻きには、肉とか野菜と一緒に、確かに沢庵が入ってたな。そんで、旨いと思った記憶がある。そっか、去年が初めてじゃなかったのか」

納得する海里に、夏神は力強く請け合った。

「そやろ。っちゅうか、俺は沢庵入りの巻き寿司が当たり前やったから、未《いま》だに入ってへんやつは、なんや物足りん気ぃがするくらいや」

「へえ。沢庵入りは、大阪風ってことなのかな？」

「いや、どうやろ。それは知らん。もしかしたら、俺の実家の近所にあった寿司屋の流儀やっただけかもしれん」

ようやく納得した海里は、いつもの陽気な笑顔に戻って言った。

「でも、夏神さんの思い出の味だっていうだけで、説得力あるよ。今年はそれでいこう。どんなのが出来上がるか、楽しみだもん」

「わたしも！　太巻きはもとより冷えておりますから、熱に弱いこの眼鏡にも安心して食せる、よきお献立でございますよ」

ロイドはニコニコしながら、沢庵と夏神を交互に見て問いかけた。

「ときに、その他の具材は何をお入れになるのです？」

夏神は、コンロの上に置いた両手鍋《なべ》の蓋《ふた》をヒョイと開け、中身を二人に示した。

「まずは何ちゅうても、干瓢《かんぴょう》や」

「あ、昨夜、水で戻してたやつ！」

「そやそや。水で戻して、下茹《したゆ》でして、ほんで今朝方、寝る前に炊いた。今、味をよう染ましとるとこや」

ロイドは嬉《うれ》しそうに揉《も》み手をする。

「それは念入りな。つやつやふっくらして、美味《おい》しそうでございますね！」

「そやろ。干瓢は、巻き寿司の要《かなめ》やからな。丁寧に炊かんとあかん」

夏神はちょっと誇らしげに胸を張り、海里は、ほうじ茶を湯呑みになみなみと注いで調理台に置いた。

「お茶どうぞ。干瓢は、確かに太巻きにはド定番だよな。あとは……卵焼き？」

「いや、実は俺がガキの頃に食うとった巻き寿司には、卵焼きなんぞ入っとらんかったんや」

「え、そうなの？　なんか想像つかなくなってきた。じゃあ、ドーンと具材の主役になるのは……」

「そら、何ちゅうても高野豆腐やな！」

「えええ！　高野豆腐が主役う？　マジで俺の太巻きのイメージと全然違ってくるな」

戸惑う海里をよそに、夏神は湯呑みを取り、大きな両手でくるむように持った。

冷えた両手を温めながら、彼はなおも具材を追加する。

「で、色を添えるんが、茹でた三つ葉と沢庵、それに桜でんぶや。まあ言うたら、巻き寿司の中の信号みたいなもんやな」

「へー！」

海里とロイドの声が、綺麗《きれい》に重なる。

「卵焼き、入らないのかあ。俺の中では、太巻きの主役はちょっと甘い卵焼きなんだけどな。茹でた海老《えび》も、カニかまも、焼き穴子も、なし？」

「潔う、なしや！」

夏神はきっぱりと宣言したが、海里とロイドは、たちまち不安そうな顔つきになる。

「ちょっと物足りなくない？　ってか、だいぶ質素すぎない？」

「そうでございますねえ。でんぶの桃色には、卵焼きの黄色が美しく映えるであろうと思うのですが」

そんな二人のリアクションは、おそらく今夜店を訪れる、豪華な太巻き寿司に慣れっこになった客たちの感想でもあるだろう。

だが、夏神は頑として節を曲げなかった。

「黄色は、卵焼きやのうて、沢庵がソロで担当すんねん。とにかく今年はそれでいく。もう決めた」

　夏神がそういう言い方をするときには、もうメニュー変更の余地はない。日常的に献立作りで夏神と議論を戦わせてきた海里には、誰よりもそれがわかっている。ゆえに彼は、まだ心配そうではあるが、あっさり引き下がった。

「うん、まあ、夏神さんがそれでいいならいいや。動物タンパクは、汁物と鰯で十分に摂《と》れるしね。けど……高野豆腐を巻き寿司の主役に？　そこに沢庵？　なんか微妙に味が想像できるようなできないような」

「わたしも、それぞれの具材の味はわかるのですが、すべてを合わせたときの味を想像できず」

　戸惑う二人をよそに、夏神はやけに楽しそうに言った。

「そない一生懸命想像せんでも、最初に巻く一本は試食用や。じきに食うて確かめられる」

「ま、それもそうか。ほんじゃ、やりますか」

　仕込み作業に取りかかろうとした海里を、夏神は湯呑《ゆの》みから離した片手を振って制止した。

「待て待て。仕事を始める前に、朝飯を食おうや。お前らも、まだやろ？　買い物ついでに、今日はラポルテのほうの『ローゲンマイヤー』でパン買《こ》うてきたで。好きな奴を取ったらええ」

そう言って湯飲みをいったん置いた夏神は、エコバッグの中から菓子パンや調理パンを取り出し、調理台に並べ始めた。

どこで買おうかと悩むほどベーカリーが多い芦屋の街だが、「ローゲンマイヤー」は芦屋生まれの、いわゆる「街のパン屋さん」のひとつだ。

無添加をうたい、品質にこだわりつつも、気取らず親しみやすいパンをあれこれと並べてくれるので、三人ともがお気に入りの店である。普段は、店のすぐ近所にある店舗を利用するのだが、今日は出先にあった店で買い物をしたらしい。

未知の巻き寿司の味を想像して複雑な面持ちになっていた海里とロイドは、わっと喜びの声を上げ、夏神の両脇から調理台に並べられたパンを物色し始める。

「へえ、やっぱ、店は違っても、パンは基本的に同じ感じなんだな。どれも旨そう。あっ、クリームパンだ！　俺、ここのクリームパンめちゃくちゃ好きなんだよね。クリームが半端なくとろっとろで」

「知っとる。こないだ絶賛しながら食うとったやろ」

夏神はしてやったりの笑みを浮かべた。ロイドは、細長い、白っぽく焼き上げたパンに手を伸ばす。

「わたしはこちらの、牛乳風味のクリームが挟まれた柔らかなパンが大好物でございまして」

「それも知っとる。以下同文や。人のことは言われへんけど、お前ら、甘党やからな」

「眼鏡めの好みまで把握していただけるとは、ありがたき幸せ！　して、夏神様はいずれのパンを召し上がるのです？　もしや、我々が先にお好みのパンを奪ってしまったのでは？」

心配そうにロイドに問われ、夏神は即座に、ハムとチーズ、レタスを短めのフランスパンに挟んだカスクートを取った。

「俺はこれやな。ビゴの店の、本場仕込みのシンプルなカスクートと違《ちご》うて、パンがもっちり軟《やわ》らかめで、生野菜やらマヨネーズやらも入っとって、いかにも日本のカスクートっちゅう感じで、また別の旨さやねん。どっちも好きやけど、今日はこっちの気分やった」

「あー、わかる！お母さんが弁当用に作るカスクートって感じだよね。俺も好き。ほんじゃ、それぞれいちばん好きなパンを一つずつ取って、残ったやつは切ってわけわけしよっか。どうせなら、いろんなのが食いたいもんな。夏神さん、張り切っていっぱい買ってきてくれたし」

「アカンねん。パン屋行ったらテンションがだだ上がりになってしもて、目についたパンを片っ端からトレイに載せてまうんや」

三つ消えても、まだまだたくさんあるパンを見渡し、夏神は恥ずかしそうに頭を掻《か》く。

「知っとる～。俺もそうだから」

さっきの夏神の真似をしてそう言った海里は、テーブル席のほうを指さした。

「夏神さんは、座ってくつろいでてよ。パン、切り分けたら持っていくからさ」

「すまんな。ほな、そうさしてもらおか」

夏神は片手に湯呑み、もう一方の手にカスクートの包みを持って、のしのしと厨房《ちゅうぼう》から出て行く。

「では、わたしはお皿を出して、海里様がカットなさったパンを、芸術的に盛りつけて参りましょうか」

「いいけど、いきなり自分でハードル上げてきたな！」

「いえいえ。芸術的に盛りつけるためにはまず、海里様に芸術的にパンを切っていただかなくては」

戸棚を開け、いつもはあまり使うことのない楕円《だえん》形の大きめの皿を慎重に取り出しながら、ロイドはサラリと言ってのける。海里は夏神のパン切りナイフを手に、顔をしかめた。

「俺のハードルまで勝手に上げてんじゃねえよ」

「主《あるじ》の技術向上の機会を見逃さないのが、優秀なる僕《しもべ》というものでございますよ」

「ハードルだけじゃなく、自分の価値まで上げやがった……！」

「さ、海里様も『上がって』くださいませ」

「言われなくても、俺は毎日上がってんの！」

賑《にぎ》やかな主従のやりとりを、ゆったり椅子に座り、熱いほうじ茶で身体を温めて聞きながら、夏神は二人の上司らしく、「ええからはよせえ。巻き寿司を巻く暇がなくなるで」と、笑いながら声を掛けたのだった。

＊　＊

「ん!?」

それが、「ばんめし屋」のカウンター席で、太巻き寿司を一口齧《かじ》った里中李英《さとなかりえい》の第一声だった。

予想どおりの反応に、カウンター越しに見守っていた海里とロイドは、笑顔でハイタッチする。

「やった！　やっぱ、そうなるよな。俺もさっき食ったとき、同じ声出ちゃったもん。具体的に表現してくれよ。どう？　どう？」

「は、はい」

兄貴分の海里に感想を要求され、李英は慌てて口いっぱいに頬張った巻き寿司を咀嚼《そしゃく》する。

「ちょっと待ってくださいね、先輩」

「慌てんでええよ。ゆっくり食うたらええ。こら、お前ら。急《せ》かして喉《のど》に詰めたりしたらどないすんねんな」

「そうだった！　ゆっくり。ゆっくりでいいぞ、李英」

「申し訳ございません。里中様だけでなく、皆様、どうぞごゆっくり召し上がってください ませ」

夏神にやんわり叱られ、海里とロイドは同時に首を縮こめて詫《わ》びる。他の客たちは、二人のコミカルな仕草に笑い声を上げ、口々にコメントを発した。

「旨いですよ、マスター。なんや貧乏くさい太巻きやなと思うたけど、食うたら旨い。めっちゃ渋い味で、逆に新しいかも」

そんな若い客の感想に、年配の客もうんうんと同意する。

「そやろ、渋い味やろ。これが、古き良き巻き寿司の味なんやで。むかーし、死んだお祖母《ばあ》ちゃんが、運動会のときに作ってくれた巻き寿司の味や」

最初に声を上げた若者の仲間が、それを聞いて不思議そうに首を捻《ひね》った。

「運動会の弁当が、太巻きなんすか？　おにぎりとか違うかって？」

「そやで。昔は、巻き寿司言うたらハレの日のご馳走《ちそう》の代表格やったんや」

「へえ。この鬼シンプルな太巻きが、ご馳走かあ。いや、旨いですけど」

いかにも今どきなラフな服装をした若者は、敢《あ》えて丸ごとの太巻き寿司を齧り、やはりもぐもぐと口を動かしながら、不明瞭《ふめいりょう》な口調で言った。

「卵なしで、メインは高野豆腐て！　貧乏巻き！　て一瞬思ったけど、すんませんでした。これ、旨いです。噛《か》んだら、高野豆腐から汁が滲《し》み出てきて、巻き寿司がジューシーになるっちゅうか」

「あっ、それ、それです！」

ようやく口の中のものを飲み下した李英は、明るい声で初対面の若者のほうに身体を向け、同意した。

「ちょっと甘めの煮汁がご飯に浸みて、凄《すご》く美味《おい》しいですよね。あと、干瓢《かんぴょう》と沢庵《たくあん》の歯ごたえが全然違ってて、でもどっちも気持ちがよくて」

「あーそうそう！　そうですやんね。で、三つ葉が爽《さわ》やか〜って感じ。俺は桜でんぶは要らんかもって感じやったけど、食べてるうちに、これはこれでええもんやなって思い始めました」

「何言うとんねん、桜でんぶのこの桃色が、巻き寿司の華やないか〜」

年配客の力のこもった言葉に、若者たちが「言われてみれば、可愛いかもしれん」だの、「地味バエするかもやな」だのと賑やかに反応する。

そんな活気に溢《あふ》れる店の様子に、夏神はいかつい顔をほころばせた。

一応、「節分の太巻き寿司」ということで、いわゆる「丸かぶり」をしたい客には一本そのまま、それでは食べづらいという客には切って提供しているのだが、皆、この奇妙な行事に、かなり慣れてきたらしい。

これまでもそういう要望はちらほらあったが、今年は圧倒的に、「最初の一口は恵方を向いて齧りたい。でも、あとは切ってほしい」というリクエストが多い。

海里が気を利かせて壁に貼った、今年の恵方を示すポスターを参考に、客たちはこぞって同じ方向を向き、神妙な顔つきで巻き寿司を頬張っている。

海里とロイドには強く出たものの、夏神が内心、とても心配していた「質素すぎる」太巻き寿司も、客の反応は上々だ。

年配客からは「懐かしい」という声が上がり、若い層からは、「こういうのは初めてなので、むしろ新鮮」だの、「シンプルだから飽きが来ない」だのというおおむね好意的なコメントを貰《もら》って、夏神は大いに安堵《あんど》していた。

そして今、ある意味「身内」である里中李英にも美味しいと言われ、夏神も海里もロイドも、心底嬉《うれ》しそうな顔になった。

「美味しゅう飯を食えるようになって、ほんまによかったなあ」

夏神のしみじみとした言葉に、李英は綺麗《きれい》にカットされた太巻き寿司から、夏神のごつい顔へと視線を移した。

「ありがとうございます」

心からの感謝の言葉を口にして、深々と頭を下げる。

事務所移籍に伴う長期休暇を関西で過ごしていた李英は、十一月、突然の心臓の病に倒れた。

自宅のベッドで意識を失っているところを海里に発見され、病院に搬送されて手術を受けた李英は、どうにか一命を取り留めることはできた。

だが、その後も肺炎を併発して回復が遅れ、ようやく退院にこぎ着けたのは、年が明けてからだった。

本来ならば実家でゆっくり静養するべきなのだが、李英の母親は若年性認知症を患っている。もはや認識することが難しい息子が帰宅すれば、母親の精神状態が酷《ひど》く不安定になる可能性が高い。

妻の介護に追われる李英の父親も、息子の世話にはとても手が回らない。

「芸能記者に追いかけられるのも馬鹿馬鹿しい。元気になるまで、そっちにいろ。命を助けてくれたドクターに、アフターフォローをして貰えるほうがいいだろ」

李英の新しい所属事務所の経営者のひとりであり、李英や海里にとっては偉大な先達である俳優、ササクラサケルの助言により、李英は引き続き、関西で静養することになった。

とはいえ、退院後のまだまだ本調子でないときに、一人暮らしの短期貸しマンションに戻るのはあまりにも危険である。

退院後の二週間を、李英は「ばんめし屋」の二階で過ごした。

李英の父親、そして海里の切なる願いを請け、自身も李英を大いに心配していた夏神が、半ば強引に、李英を海里の部屋に同居させたのである。

気を遣うたちの李英なので、夏神や海里の世話になることに恐縮しきりだったが、まだ寝こみがちな時期、食事をはじめ、生活面のケアを万全にしてもらえて、彼の体調は目に見えて改善した。

そこでつい先週から、李英は「ばんめし屋」を出て、新しい住まいで一人暮らしを再び始めたのだ。

今回の住まいは、「ばんめし屋」から徒歩圏内の短期貸しマンションである。

最低でも一日一度は、無事の報告を兼ねて顔を見せること。そして「ばんめし屋」で夕食を摂《と》ること。

それが、一人暮らし再開に際して、夏神が李英に出した条件だった。

生真面目な李英はそれをきちんと守り、今夜もこうして、すっかり彼の指定席となった、カウンターのいちばん端っこの席に慎ましく座っているというわけだ。

「どや、今日の体調は?」

カウンター越しに、夏神にいつもの質問をされ、李英ははにかんだ独特の笑顔で答えた。

「ぼちぼち、ですね」

「おっ、関西の受け答えをマスターしよったな。けどまあ、ぼちぼちか。そやな、突然、劇的にようなったりはせんわな。まあ、悪うなっとらんかったら上出来や」

自分も雪山で遭難して死線を彷徨《さまよ》い、入院生活を送った経験のある夏神は、労《いたわ》りのこもった口調でそう言った。李英も感謝の言葉を述べてから、こう続けた。

「今日は受診日だったんですけど、経過はおおむね順調だそうです。ただ、やっぱりまだ疲れると、脈が飛びがちになることがあって」

「おいおい、無理すんなよ。前もそれ言ってたけど、ホントに大丈夫なのか？　先生は何て？」

海里は心底心配そうな顔で、会話に入ってくる。

「ご心配かけて、すみません。僕もそういうときはヒヤッとするんですけど、先生いわく、今の脈の飛び方程度なら、深刻なものではないそうです。時間も短いし、少し休めば治りますし。手術後、まだ心臓の状態が安定していないから起こるんだろうって」

「じゃあ、そのうちなくなる？」

「少しずつ落ちついて、なくなってくるんじゃないかなあ、って話でした」

「なんだよー、プロなら、もっとキッパリ言い切ってほしいよなあ！」

不服そうに頬を膨らませる海里を、夏神は穏やかに窘《たしな》める。

「プロやからこそ、自分の言葉に責任を持っとるからこそ、断言できへんのやろ。人の身体には、百パーセント確実なんちゅうことはそうそうないやろからな」

「主治医の先生も、そう仰《おっしゃ》ってました。『でもまあ、こういうのはたいてい、日にち薬だからね。焦らずにいこう』って」

「日にち薬、か。ええ言葉やな。一日一日、一歩、いや無理せんと、半歩ずつや」

「はいっ」

夏神の温かな励ましに、李英は笑顔で頷《うなず》き、明るい声で話を続けた。

「あ、でもリハビリは頑張ってます。受診日には病院のリハビリテーション部でお世話になるんですけど、今日も新しく、自宅用の運動スケジュールを組んでいただきました。呼吸機能を上げるためのストレッチとか、朝夕やってます」

嬉しそうに語る李英に、海里は心の中で「チャンス到来」と喜んだ。

ここで同居していたときは、李英のリハビリに極力つきあい、彼の身体の状態をかなり正確に把握していた海里だが、さすがに李英が独り立ちしてからは、あまり詮索《せんさく》しないように自制してきた。

海里にとって、李英は今も可愛い弟分ではあるが、いつまでもうるさくして、むしろ李英のやる気を削《そ》いではいけないと考えたからだ。

しかし久しぶりに、自分から李英がリハビリについて語り始めたのに乗じて、海里はずっと気になっていたことを訊《たず》ねてみた。

「ストレッチだけじゃなく、ウォーキングも続けてるか？　ここにいたとき、毎日一緒に前の河川敷を散歩したもんな。最初はちょっと歩いただけで息が上がってたけど、少しずつスムーズに歩けるようになって……」

李英はやはり笑顔のまま、もう一度、より深く頷く。

「はい！　今もお天気のいい日は必ず、しっかり着込んで、芦屋川の河川敷を歩いてます。ちょっとずつですけど、距離を伸ばしてるんですよ。『ばんめし屋』さんの前を行き過ぎて、海のほうへ向かって歩くようにしています」

「へえ！　海まで行けた？」

「さすがにそこまでは、まだ。でも、海岸まで行って日没を見るっていうのを、近い将来の目標にしてるんです」

「ええな、兄ちゃん。あそこの浜の夕暮れは、えらい綺麗やで」

太巻き寿司と格闘中の年配客が、彼らのやり取りをおそらく部分的に耳にして、声をかけてくる。

「やっぱり！　前にも他のお客さんにそう聞いて、いつか行けるようになろうと楽しみにしてるんです。ありがとうございます」

李英は礼儀正しく答えて年配客に軽く一礼し、海里に視線を戻した。

「あの、先輩、ところで……」

期待と不安が入り交じった李英の顔を見て、海里は悪戯《いたずら》っぽく笑って、ほんの短い間、もったいをつけてから、サムズアップをしてみせた。

「オッケー貰った！」

「本当ですか！」

李英は声を弾ませる。海里も、嬉しそうに「ホント」と言った。

実は李英は退院直後から、「一度でいいので、朗読のレッスンを見学させてほしい」と海里に頼み込んでいた。

海里の師である倉持悠子《くらもちゆうこ》の朗読に感銘を受けた李英は、すっかり衰えてしまった呼吸機能や筋力を取り戻すためのリハビリに、朗読を組み入れようと考えているらしい。

同じリハビリをするなら、俳優としてのキャリアに少しでも繋《つな》がることをしたい、たとえ身体の機能を回復するために生きているような現状でも、芝居の鍛錬を怠りたくない……という、いかにも真面目な李英らしい考えである。

万事控えめで、元来は引っ込み思案ですらある李英だが、こと演技については思いきった貪欲《どんよく》さを見せる。

朗読に取り組むからには、憧《あこが》れの悠子と、信頼する先輩である海里のレッスンを通じて、有効なメソッドや指針のようなものを得たいと、李英は熱心に海里に訴えた。

夏神からも、「そういう刺激は、あの子の回復に役立つん違《ちゃ》うか？」と助言を受けた海里は、思いきって悠子に相談を持ちかけた。そして数時間前、快諾の連絡を受けていたのである。

「あの、嬉《うれ》しいです。絶対に邪魔をしないように、隅っこに控えていますから……」

李英は、いつもはまだ青白い頬をうっすら上気させ、早くも期待に目を輝かせる。しかし海里は、気取った調子で人差し指を立てた。

「ただーし！　倉持さん的には、見学はＮＧ！」

「えっ？」

咄嗟《とっさ》に海里の言葉の意味が理解できず、李英はポカンとする。

海里はカウンターに片手をつき、李英のほうに身を乗り出して、片目をつぶってみせた。

「見てるだけなんて、つまらないじゃないの。リハビリにだってならないわ……って、倉持さんが言ってた」

「えっ、あの、それって、どういう」

「一度だけ、特別に合同レッスンをしましょうって」

「ごう……どう……合同？　えっ、まさか、あの、僕、も？」

驚きのあまり切れ切れに言葉を発しながら、李英はゆっくりと自分を指さす。海里はニッと笑って、悠子の口ぶりを完全コピーと言えるほど忠実に真似た。

「俺もビックリしたけど、倉持さんに『当たり前でしょう？　いくら病み上がりだからって、役者が稽古場《けいこば》に来て、ただ黙って座ってるなんてことがありえるかしら』って言われたら、そのとおりだって思ったよ。で、お前のほうはどうなんだよ？」

「どうって……そりゃ、凄《すご》く嬉しいですよ！　ありがたいです。でも、いいんでしょうか、そんなこと。レッスン料とかは」

「倉持さんがいいって言ってんだから、いいんだよ。どうしても何か払いたければ、出世払いって奴でいいんじゃね？」

「そういう……ものでしょうか」

「是非、お行きなさいませ。きっと、得難き経験ができることと存じますよ」

困惑する李英に、ロイドも控えめではあるが力強く言葉を添える。

李英は躊躇《ためら》いながらも、まだ痩《や》せたままの顔を引きしめて頷いた。

「じゃあ、喜んでご一緒させていただきます。あの、何か準備とか、心構えとか」

「ないない」

海里は笑って片手をヒラヒラさせた。

「舞台稽古と同じ感覚で来ればそれでいいよ。着替えもできる。ああ、でも、倉持さんちに行くまでのあの急坂は、お前まだダメだろ。そうだ、ここで待ち合わせて、阪神芦《はんしん》屋駅でタクシーに乗ろう。そしたら、気まずくない程度の距離になるし。二時にレッスン開始って言われたから、ちょっと早めに行くとして、一時に待ち合わせしようぜ。いいだろ？」

海里も李英との合同レッスンが楽しみな気持ちが抑えきれず、弾んだ声で早口に言った。李英もこぼれるような笑顔で何度も頷く。

「わかりました。必ず。……嬉しいな、予想もしてなかったです。僕も倉持さんのレッスンを受けられるなんて」

「倉持さんも、楽しみだって言ってたよ。俺もすっげえ楽しみ。お前と一緒にレッスン受けるなんて、滅茶苦茶《めちゃくちゃ》久しぶりだもんな」

「はい！　ありがとうございます。……ほんとに、ありがとうございます。皆さんのおかげです」

李英はロイドと夏神にも懇ろに感謝の言葉を口にする。

「何を仰《おっしゃ》いますか。わたしはただ見守らせていただいておりますだけで」

「俺は、飯くらいしか面倒見られへんけど、まあ、明日《あした》に備えてがっつり食うていき。巻き寿司、食い切れんかったら、朝飯用に包んだるからな」

夏神はそう言ったが、李英は久しぶりに見せる気合いに満ちた面持ちで、かぶりを振った。

「いえ！　明日に備えて食べます。憧れの倉持さんのレッスンなんですから、今なれる、いちばん元気な僕で行かないと」

そう言って、巻き寿司を口に押し込む李英を、三人は微笑ましく見守る。

「やっぱし、役者は芝居で元気になるんやな」

夏神の実感がこもった言葉に、海里は喜びと期待を噛《か》みしめながら頷《うなず》いた。

これが、ささやかなトラブルの幕開けであることなど、海里も李英も、知る由もなかったのである……。


翌日、午後二時。

倉持邸のレッスン室でストレッチをしながら待っていた海里と李英は、扉が開く音に、動きを止め、弾《はじ》かれるように立ち上がった。

「お待たせ。あなたが里中李英君ね。お噂は、五十嵐君からかねがね。このたびは災難だったわね」

メンズライクな白いシャツに薄手のカシミアセーターを重ね、上品なラインのパンツを纏《まと》った倉持悠子は、海里と二人でレッスンをするときとまったく変わらず、歯切れのいい口調で李英に初対面の挨拶《あいさつ》をした。

こちらは早くもカチコチに緊張した李英は、直立不動からの直角お辞儀で悠子に挨拶を返す。

「里中李英です！ あの、本日はレッスンに参加させていただいて、ありがとうございます。とても光栄……」

「そういうのは結構。私が、あなたとレッスンをしてみたかったの。以前、あなたが出演している舞台を、偶然見たことがあったのよ。小さな役だったけれど、実直でとてもいいお芝居だった。お兄さんの戦死を知らされたときのあの表情、今も忘れられない」

予想もしていなかった賛辞を悠子から贈られ、李英は顔を真っ赤にして胸元に手を当てた。

「あ……ありがとうございます！ あの、もしかして、第二次大戦中の特攻隊の……」

「そうそう。特攻隊のパイロットを兄に持つ少年の役だったわね。五十嵐君からあなたの話を聞いて、ふと思い出したの」

「ありがとうございます！」

再び深々と頭を下げた李英が顔を上げたときにはもう、悠子の姿はピアノの前に移動している。

「時間が勿体《もったい》ないからレッスンを始めましょう。ストレッチは済んだのね？　結構。では、発声練習から。里中君は、決して無理をしないように、できる範囲でね。休憩したいときは遠慮なく、無理なことは無理と言ってちょうだい」

そう言うと、李英の返事を待たず、悠子はピアノの蓋《ふた》を開け、椅子に腰を下ろした。

「リップトリルからどうぞ」

そう言って、彼女が弾き始めたごくベーシックなスケールに合わせ、海里と李英はミュージカル時代のように肩を並べ、背筋をピンと伸ばして、声を出し始めた。

発声練習がひととおり終わると、悠子は二人に着席を促した。

二人はパイプ椅子をピアノの近くに据え、やはり並んで腰を下ろす。

悠子は、身体ごと二人のほうへ向き直り、こう切り出した。

「今日は、五十嵐君といつも練習している作品から離れて、少し毛色の違うものを読んでみましょう。何にしようかと色々考えたんだけど、太宰治《だざいおさむ》の『待つ』はどうかしら。とても短い、シンプルな構成のお話よ。二人とも、読んだことはある？」

海里と李英は顔を見合わせ、それから悠子のほうを向き直り、同時に首を横に振った。

「そう、じゃあ、ちょうどよかったわね。まっさらな気持ちで読めるでしょう」

まるで双子のようにシンクロした動きを面白そうに見ながら、悠子はプリントアウトした原稿を一部ずつ二人に手渡し、十五分間の黙読を指示すると部屋を出ていってしまった。

レッスン室に二人きりにされた海里と李英は、再び視線を交わした。しかし、短編とはいえ、作品を読んで解釈するために与えられた時間はあまりに短く、無駄話をしている場合ではないことは明白だ。

二人は無言のまま小さく頷き合うと、それぞれ猛然と、与えられた原稿を読み始めた。

(何だこれ。変わった話だな)

逸《はや》る心をできるだけ落ちつかせ、まずはフラットな気持ちで文字を追いながら、海里は小首を傾げた。

それは、海里が初めて経験する、奇妙なスタイルの小説だった。

舞台はどうやら、第二次世界大戦中の日本であるようだ。

主役は二十歳の女性で、彼女の一人称で物語は進行していく。

いや、そもそもそれが物語であるかどうかすら、海里には判断がつかない。

何しろ、彼女は、駅前のベンチに座っているだけなのだ。

おそらくは夕刻、皆が家路を辿《たど》る時間帯に、ひとりぽつねんと座って「誰か」を待ちつつ、物思いに耽《ふけ》っている。

読んでも読んでも、彼女はそこから一歩も動こうとはしないし、誰とも接触を持ちはしない。

物思いの内容とて、具体的な思考というより、戦時下における自分のありようについての悩み、さらに、そもそも自分が誰を、あるいは何を待っているのかという疑問……そんなものが冗漫に綴《つづ》られていき、結局、何一つわからないまま話は終わってしまう。

（これを……この起承転結も何もないような話を、朗読するのか）

海里は眩暈《めまい》を覚えそうになりながらも、必死で気持ちを立て直し、再度、作品を読み返した。

二回目は、読み間違えそうな言葉やイントネーションが微妙な箇所、テンポを変えて読みたい台詞《せりふ》、息継ぎのポイントなどをボールペンでチェックしていく。

ふと見れば、李英も隣で、真剣な面持ちをして紙面を凝視しつつ、声を出さずに唇を小さく動かしていた。

（もう、イメージを作りにかかってるのか。俺も早くしないと。もう十分経ってしまった）

文章自体は決して難解ではない。

言葉や表現は極めて平易だし、終始、女性の独白《モノローグ》のみで構成されているので、複数の人間のキャラクターメイクも必要ない。

要求されるのは、多感な年頃、しかもおそらくはかなり内気な女性の心模様を、繊細に表現することだけだ。

（だけ、ではあるけど、それが滅茶苦茶難しいな）

どんなトーン、どんなテンポで読めば、自分の男性の声で、うら若き女性を表現できるだろうか。

口調はどうしようか。

昭和の古いドラマの、何とも言えない独特な話し方を参考にするか、あるいは、今の自分たちのような自然な台詞回しにするか。

文体は幾分クラシックだが、今風に読んでもそう違和感はなさそうだ。

（あと二分。どうする、俺！　早く決めないと、頭グチャグチャのまま読み始めることになっちゃうぞ）

必死で考えをまとめようとする海里の耳に、ほどなく非情なアラームの音が鳴り響く。

（時間か！　まだ全然まとまってないけど、やるしかねえな）

戻ってきた悠子のクールな顔つきを半ば絶望的な気持ちで見ながら、海里は赤や青のインクで荒っぽく整えた原稿を持つ手に、ギュッと力を込め、呼吸を整えようと努めた。

朗読は、まず海里、次に李英がやることになった。

いつもなら、一部を抜粋して読むが、ごく短い作品なので全文を読むよう、悠子は二人に指示した。そして、二人が順番に読み終えるまで、彼女は冷ややかな表情を少しも崩さず、ただ目を閉じて、耳を傾けていた。

「さて、お互いの朗読を聞いたわけだけど」

李英が原稿を読み終えたところで、悠子は目を開け、二人の顔を交互に見た。

「まずは、あなたたちの感想を聞きましょうか。自分が読んでみて、相手の朗読を聞いてみて、どんなことを感じた？」

そんな風に問われると、やはり先に答えるべきは、年長者の自分だろう。

そう考えて、海里は一生懸命に言葉を探しながら口を開いた。

「俺は三箇所躓《つまず》いちゃったんですけど、李英は全然間違えなくて、それだけでもすげえなって」

いきなり褒められた李英は、慌てた様子で首を横に振りながら「いえ」と声を発する。

「間違えなかったのはたまたまです。その……同じ文章でも、演出や指導をまったく受けないままお互いの解釈で読んでみると、ずいぶん違う作品みたいに聞こえるんだなと思いました」

「あっ、それは俺もビックリした」

二人のやり取りを聞いて、悠子は小さく頷《うなず》く。

「そうね。確かにまったく違っていた。五十嵐君は、かなり緩急をつけてドラマチックに読んだ。一方で、里中君は、テンポは一定で淡々としていたわね。解釈の違いが、如実に出ていて面白かったわ」

海里は興味深そうに頷いたが、李英は、申し訳なさそうに項垂《うなだ》れた。

「すみません。もっと声を張るべきだったと思うんですけど……」

だが、彼の反省の弁を、悠子はサラリと遮った。

「肺炎をなさったって聞いているわよ。無理はしなくていいの。確かに、ところどころ息継ぎが不自然なところ、声が掠《かす》れたり震えたりしたところはあったけれど、そこは仕方がない。読み方はしっかりしていたから、基礎はかなりできていると感じました」

「……ありがとう、ございます！」

悠子に軽くではあるが褒められ、李英はホッとした様子で息を吐いた。

「五十嵐君は、どういう解釈であああいう風に読んだの？　あなたにとって、この作品の主人公は、どんな人物なのかしら」

悠子のレッスンは、いつも海里の心の深いところ、それどころか無意識の領域にまで細やかに、かつ鋭く切り込んでくるが、今日は李英がいるからか、質問はいささかソフトで漠然としている。

逆に少し戸惑いつつ、海里は正直に答えた。

「正直、コミュ障に尽きるなって思いました。人間が嫌いだとか言っておいて、そのくせ、誰かを待ってる。毎日、同じ場所でしつっこく待ちながら、相手が誰かわかんないし、勝手に怖がったりもしてる。……なんていうか、自意識過剰？　ぬぼーっとした無口な女の子だけど、心の中では妄想がパンパンに膨らむタイプなんじゃないかなって思って、そんな感じで」

「……なるほど。ありがとう」

（あ、やっちゃったかな、俺）

悠子の浮かない表情を見て、海里は背筋がヒヤッとした。

レッスン中はいつも厳しい表情を崩さない悠子だが、それでも、海里の中に何かいいものを見つけたときは、怜悧《れいり》な瞳《ひとみ》がキラリと光る。

しかし、今の悠子の目には、むしろ失望の色が滲《にじ》んでいるように海里は感じた。

(俺の解釈、全然冴《さ》えなかったってことか。でも、俺の感想、結局、「何考えてんだか、この子」だったからなあ……)

「里中君はどう？」

一方、悠子に水を向けられた李英は、海里をチラチラ見ながら、躊躇《ためら》いがちに口を開いた。

「あの、先輩の解釈に比べたら、僕のは妄想し過ぎかもしれないんですけど……」

「いいわよ、正直に教えて」

「戦時下の社会的な不安と、二十歳の女の子が自然に持つ将来への不安と。とにかくこの子、不安でいっぱいだと感じました。その上で、この子が待っている『誰か』のことを、最初は、その不安から掬《すく》い上げてくれる存在なのかなって思ってたんですけど」

「けど？　そうではないと思った？」

「二度目に読んだとき、ふと思ったんです。この子は、自分自身を待っているんじゃないかなって」

海里の目の前で、悠子の瞳が、明らかに煌《きら》めいた。

彼女が李英の解釈に強い興味を示しているのだと気づいた瞬間、海里は、みぞおちに大きな石がズシンと詰まったような鈍い苦しさを覚える。

「自分自身を待っている？　それはどういうことかしら」

ストレートに追及され、李英は片手で額を軽く叩《たた》きながら考え、そして、言葉をひとつひとつ、紡ぎ出すように答えた。

「自分語りですみません。でも、僕も病気をして、物凄《ものすご》く不安でした。お医者さんに助けてほしい、理学療法士さんに助けてほしい、誰でもいいから助けて、僕の身体を治してほしい……入院中、ずっとそう思ってました。そんな自分が、この小説の中の女の子と重なって見えました」

悠子は黙って頷いて先を促す。

李英はおそらく無意識に自分の心臓の上あたりに片手を当て、やはり訥々《とつとつ》と語り続けた。

「今も、不安です。どこまで回復できるのか、役者の仕事に戻れるのか。僕はどうなっちゃうんだろうって、夜、上手《うま》く眠れないことも多いです。だけど……毎日リハビリを続けているうち、思ったんです。もう、命を、将来を、他人の手に預けるフェーズは終わったんだって。ここからは、自分で自分の体を治していく段階で、つまり、僕を助けるのは、僕なんです」

「ええ……ええ、わかるわ」

相づちを打つ悠子の声は、仄《ほの》かな熱を帯びている。その熱は、李英の心にもじわりと移ったようで、彼の声にも病気になる前に近い力強さが戻ってきた。

「この主人公も、今は暗闇の中で手探りをしているような気持ちで、誰かに手を引いてほしいと思って待っている。だけど、本当は自分で歩み出さないといけないってわかってるんじゃないかと考えました。いつか、待ち人が自分を見つける。その予感って、自分の足で歩き出す、そのチャンスが訪れるって意味なのかな……と。それが、僕の解釈です。すみません、変、でしょうか。妄想が過ぎるかも」

「いいえ！　ちっともそんなことはないわ。短い時間で、そこまで思いを巡らせることができるというのは、素晴らしいと思う」

「あ……ありがとうございます！」

感激してむしろ狼狽《うろた》える李英に、悠子は柔らかく微笑んだ。

「私こそ、ありがとう。とても興味深い解釈だったし、ご自分と主人公を見事に重ねているからこその、強い説得力があったわ。そういうしっかりした骨組みがあるからこそ、万全の状態で演じられなかったとしても、とても整った、心に響く朗読になったのね。少なくともこの作品については、健康を取り戻しさえすれば、あなたはすぐにでも舞台に上がる資格があるわ」

（……マジか）

黙って二人のやりとりを聞いていた海里は、思わず身震いした。

確かに、李英の作品の解釈には、海里も驚かされた。同じ十五分という限られた時間の中で、李英は、百戦錬磨の悠子を感心させるほどの考察をやってのけた。

それに対して、自分の解釈はなんと薄っぺらいことか。

悠子の冷淡な表情が雄弁にそう語っていたし、海里自身もそれを李英に思い知らされた。

(俺、「すぐにでも舞台に上がる資格がある」なんて、倉持さんにいっぺんだって言われたことない。そんな褒め方、されたことはない)

ゆっくりと忍び寄ってきた絶望が、海里の背中に覆い被《かぶ》さる。

役者として、李英に大きく水をあけられていることは、ずっと前に思い知らされていた。地道に努力を続けて来た李英への尊敬の念も、勿論《もちろん》強い。

しかし、朗読というジャンルでだけは、先に悠子に師事して稽古《けいこ》を始めていた自分に一日《いちじつ》の長があるだろうと、海里は信じていたのである。

(朗読でもダメなのか。俺、やっぱり役者としての才能、ないんだな)

悔しさなのか、悲しさなのか、怒りなのか、嫉妬《しっと》なのか、あるいは、そのすべてなのか。

和やかに語り合う悠子と李英の声はいつしか遠ざかり、海里は、全身にジワジワと満ちていく暗い感情を、苦く噛《か》みしめていた……。

二章　抱えたもの

朗読のレッスンを終え、海里と李英が倉持邸を辞したのは、午後五時前だった。

日没が迫り、すべてのものが夕日の色に染まっている。

いつも、海里だけのレッスンの日はせいぜい一時間前後で終了するので、こんなに遅くなったのは初めてのことだ。

無論、「生徒」が二人いればそれだけ時間は長くかかるわけだが、それに加えて、悠子が李英の朗読をいたく気に入ったことが、今日のレッスン時間延長に繋《つな》がったのは明らかだった。

「もう、あなたは私のレッスンを受ける必要はないと思う。今日で、鍛錬のための道筋は見えたでしょう？　頑張って。いつか、板の上であなたの朗読を聴くのを楽しみにしています」

玄関まで二人を見送った悠子は、別れ際、李英にそんな言葉まで贈っていた。

「歩きで平気か？」

夕暮れが迫る下り坂を、李英と並んでゆっくり歩きながら、海里は短く問いかけた。

李英は、病に倒れる前と同じくらい、生気に満ちた声で答えた。

「はい！　確かに上りは無理だったと思いますけど、下りは平気です。それに何だか、身体じゅうに力が漲《みなぎ》ってるみたいな気分なんです」

「レッスン長引いたのに？」

「確かに疲れてはいるんですけど、ウォーキングとかストレッチとかの後の疲労感とは全然違っていて、気持ちのいい疲れっていうか、どんどん身体の奥のほうから力が湧いてくるタイプの疲れっていうか……そんな感じです」

「そっか」

「こんな充実した時間、病気になってから初めて過ごしました」

「よかったな」

倉持邸を後にしてから、海里の態度はやけに素っ気ない。

いつもはどちらかといえばお喋《しゃべ》りな彼が、ぶつりぶつりとちぎれたように短いフレーズしか口にしないことに、レッスンの余韻に浸っていた李英もさすがに気づき、ずっと頰に浮かんだままだった笑みを消した。

「先輩？　どうかしました？」

だが、心配そうな問いかけに対する海里の反応は、李英の想像を遥《はる》かに超えるものだった。

「よかったなって言ったんだよ！　よかったんだろ！　来て！」

「……えっ？」

いきなり声を尖《とが》らせた海里に、李英は戸惑い、つんのめるように足を止める。

二歩ほど彼より余計に歩いてから身体ごと振り返った海里の顔は、燃えるように輝く夕日のせいか、あるいは鬱屈《うっくつ》した憤りのせいか、やけに赤らんで見えた。

「先輩？　あの、はい、よかったです。連れてきていただいて」

「じゃあよかった！　よかったで正解じゃないか。他に何にも言うことはねえよ」

李英から微妙に視線を逸《そ》らして吐き捨て、海里は再び歩きだそうとする。李英は咄嗟《とっさ》に、そんな海里のダウンコートの片腕を摑《つか》み、引き留めた。

「何だよ！」

「何だよって、訊《き》きたいのは僕のほうですよ。どうしてそんなに怒ってるんですか、先輩」

「怒ってなんか！」

いない、とは断言せず、海里は李英の手を乱暴に振り払う。あまりの勢いにバランスを崩した李英だが、危ういところですぐ横にあったガードレールに片手をつき、どうにか体勢を立て直した。

「怒ってるんじゃなかったら、何なんです？　全然『よかった』って顔でも声でもないですよ！」

つっけんどんな海里の言いように、いつもは穏和な李英も、さすがに少し大きな声を出してしまう。

周囲に人の姿はないが、我に返った李英は、すぐに声のトーンを落とした。

「すみません、僕」

海里も、李英の顔に浮かんだ戸惑いの色に気づき、ハッとした様子で小さく首を振った。

「謝るな。お前のせいじゃない。けど」

「けど？」

李英はガードレールから手を離し、海里のほうへ一歩踏み出す。しかし、海里は二歩後ずさり、低い声で呟《つぶや》くように言った。

「お前が倉持さんのレッスンのおかげで元気になったのは嬉《うれ》しいよ。お前の朗読、すげえよかったし。それは本当だ。本当なんだけど……ちょっとだけ、連れてくるんじゃなかったって思ってる俺がいる。そんな自分に腹を立ててるだけだから、気にすんな」

「待ってください。そんなの、気にするに決まってるじゃないですか。どうしてそんなこと思うんです？　僕を連れてこなければよかった、なんて。僕、何か倉持先生に失礼なことをしてしまったんですか？　それで先輩、怒ってるんですか？　だったら」

オロオロする李英に、海里はやはり硬い表情で、それでもハッキリと「違う」と否定した。

「お前は何も悪くない。俺ならともかく、お前が誰かに失礼なことなんて、するわけないだろ」

「じゃあ、どうして」

控えめながらも食い下がる李英に、海里はグッと言葉に詰まり、しばし黙り込んだ。

やがて、消え入るような声で、海里は囁《ささや》いた。

「格の違いが、わかっちまったからだよ」

「何のことです？」

「さっきのお前の、作品の解釈。倉持さんは感心してたけど、俺はそれどころじゃなかった。主人公の女の子が待ってるのは、自分自身。自分から一歩を踏み出す、そのタイミングを待ってるんだ……みたいなお前の解釈を聞いた瞬間、ぶちのめされたよ。マジで、ペチャンコになった」

「先輩……」

部活帰りの男子高校生が数人、賑《にぎ》やかに喋りながら坂を上がってきたので、海里はスッとガードレールに寄りかかり、道を空けた。

そして、彼らが十分に遠ざかってから、再び口を開いた。

「同じ小説を、同じ時間かけて読んで、俺の解釈の薄っぺらさときたら。何だよコミュ障って。思い出したら、頭を抱えてわーって叫びながら走り出しそうになる」

李英は、戸惑いながらも必死でフォローを試みる。

「か、解釈は人それぞれで、優劣なんかないですよ」

「優劣はなくても、深さの差とか独創性とかはあんだろ。俺の解釈は、薄っぺらくてありきたりで、つまんない奴だった。倉持さんの目を見りゃわかる。俺、絶対にガッカリされたよ」

「そんなことは」

「あるんだよ。くそッ、ちょっとくらい長く朗読の稽古《けいこ》をやってたって、結局、俺みたく役者の才能がない奴はダメなんだ。たった一日、いや、十五分で、お前にするっと抜かれちまった」

「………」

「わかってる。俺がサボってたとき、お前はずっと地道に頑張ってた。アリとキリギリスだ。それに、俺は、もう芸能人じゃない。ただの素人が、好きで芝居をやってるんだ。才能があろうがなかろうが今さら関係ねえ。だけど、何度も何度もお前にすうっと抜いていかれるのはきつい。今度こそ、今度こそって努力してんのに、それでもダメなのはマジできつい」

李英に不平を言っているわけではない、むしろ自分の不甲斐《ふがい》なさに腹を立てていることが明らかな海里の物言いに、李英はしばし絶句していた。

「お前を連れてくるんじゃなかったってのは、みっともない感情だよ。わかってる。最近、たった一言でも、倉持さんの朗読イベントで台詞《せりふ》を読ませてもらったりしてさ。俺、思い上がってた。頑張ればそこそこいいとこに行けるんじゃね、今度こそ、ちっちゃくても芽が出るんじゃねって。だけど、とんだ勘違いだった」

海里は、スニーカーのつま先で、ガードレールの短い支柱を蹴《け》りつけた。

「倉持さんと一対一だと気づかなかった俺の才能のなさを、ただ一回のレッスンに参加したお前に思い知らされる俺の気持ち、わかんねえだろ。笑っていいぞ。みっともないですねって言っても……」

「言わないですよ、そんなこと」

それは、李英にしては最大限に強い調子の発言だった。少し驚いて目を見開いた海里が何か言うより早く、李英は畳みかけるように宣言した。

「言わないですけど、そういうことなら、謝りもしないですよ。朗読のレッスンに参加させてもらってすみませんでした、あんな解釈しちゃってすみませんでした、なんて絶対言わないですよ、僕！」

今度は、李英の言葉に小さいが鋭い棘《とげ》が生える番である。

どう考えても八つ当たりである海里の言葉に、さすがの李英も腹に据えかねたのだろう。しかし、ささくれだった海里の心は、弟分の怒りに触れて反省するどころか、むしろハリセンボンのように険しく膨れあがった。

「誰も謝れなんて言ってないだろ！　お前は悪くねえよ！　わかってる。一から十まで、俺がダメダメで、俺が最低で、俺が勝手に凹《へこ》んで腹立てていじけてるんだよ！」

いつもなら、「そんなことはないですよ」と慌てて宥《なだ》めるはずの李英が、今回ばかりは「最後だけは同意です！」と、やはり喧嘩腰《けんかごし》に言い放った。

「李英……」

「僕はただ、一生懸命に与えられた作品を読んで、僕なりに解釈して、朗読しました。先輩と一緒にレッスンを受けましたけど、先輩と勝負しようとしてたわけじゃないです。僕は、僕のベストを尽くして、それを倉持先生に聞いていただきたかっただけです。だから」

「だから！　俺が勝手にお前と勝負して、無様に負けて、そんでこうやって地団駄踏んでるのを見て、呆《あき》れてるんだろ！　わかってる！」

「なんでそうなるんですか！」

「なるだろ！……悪い、病み上がり相手に大声出したり、出させたりして。はあ、何やってんだ、俺は」

力なくそう言って溜《た》め息をついた海里は、それでも李英の身を案じた。

「ひとりで帰れるか？　タクシーとか呼んだほうがよければ……」

「大丈夫です。ダメだと思ったら、アプリでタクシーを呼びますし」

「……そっか。ちょっと、頭冷やさなきゃダメだわ」

「あの、先輩」

「ゴメン。今、何言おうとしても言われても、ダメっぽい。ほっといてくれ」

そう言い捨てて、海里は李英に背を向け、足早に坂を下っていく。

今度は李英も、そんな海里を引き留めようとはしなかった。

肩を落として遠ざかっていく海里の後ろ姿を、李英は腹立ちと切なさが入り交じった、複雑な表情で見送った……。

そこから、海里と李英のギクシャクした日々が始まった。

諍《いさか》いの数時間後、李英は「ばんめし屋」にいつものように夕食を摂《と》りに現れたが、夏神やロイドとは和やかに会話をしつつも、海里には軽く頭を下げて挨拶《あいさつ》をしたきり、視線を合わせようとはしなかった。

海里のほうも、「おう」と短い挨拶の言葉を投げかけはしたものの、ムスッとした顔で無言のまま料理を出し、お茶のお代わりを注ぎ、自分から話しかけることはついになかった。友人としてというより、店員として最低限のサービスをしたという体である。

その後も、二人して互いを無視するという冷戦状態が一週間あまり続き……ついにたまりかねたのは、海里でも李英でもなかった。

水曜日の午後十時過ぎ。

いつものように、「シェ・ストラトス」で朗読イベントを開いた倉持悠子のアシスタントを務めてから、海里は「ばんめし屋」に戻ってきた。

ちょうど、午後七時から九時頃にかけて毎晩訪れる賑わいの波が引いたところだったようで、店内にはテーブル席に一組、二人連れの客がいるだけだった。それも食事はあらかた終わりかけているようだ。

「ただいま。今日はどうだった？　忙しかった？」

いつものように、海里は客に挨拶をして厨房《ちゅうぼう》に入り、シンクで念入りに手を洗い始めた。

「お帰りなさいませ、海里様。その……」

そそくさと近づいてきたエプロン姿のロイドが何か耳打ちしようとするのを許さず、コンロの前に立っていた夏神は、「ちょー、こっち来い」と、低い声で海里を呼びつけた。

もとから夏神の顔立ちは精悍《せいかん》かつ野性的で、努めて笑っていないと、機嫌が悪くなくても怒っているように見えてしまいがちだ。

しかし、長いつきあいになる海里には、今夜の夏神が、明らかに怒っていることがすぐにわかった。

(何だ？　俺、何かしたっけ。もしかして、ライブが終わって、倉持さんを見送ってからすぐに戻らずに、ちょっとマスターと世間話をしちゃったのがバレた……？)

ドキドキしながらも、海里は濡《ぬ》れた手を大急ぎで拭《ふ》き、夏神のもとへ向かった。

「ただいま、夏神さん。その……ごめん、帰りがちょっとだけ遅くなっちゃって」

「そんなことはどうでもええ」

客たちに聞こえないよう、夏神の声量は最小限に抑えられている。だが、声に込められた明確な怒気は、海里の背筋をゾクッとさせるのに十分すぎた。

「あ、あの、何か？」

こちらも囁《ささや》き声で問いかけた海里に、夏神は鞭《むち》のような鋭い声で言った。

「ええ加減にせえ」

「えっ？」

ギョッとして全身を強張《こわば》らせる海里に、夏神はドスの利いた声で凄《すご》んだ。

「気づかんとでも思うとんのか。何ぞあったやろ、里中君と」

「う」

海里は気まずげに短く唸《うな》りはしたが、否定も肯定もせず、ただ決まり悪そうに視線を泳がせる。

「二人してちょんちょん跳ねで嬉《うれ》しそうにレッスンに行ったと思うたら、夜にはツンツンしてしもて。なんやケンカしよったんやなとは察したけど、ええ歳の大人やし、そのうち仲直りしよるやろと思うて、俺もロイドも黙って様子を見とったんや」

「……うう」

「ほしたらまあ、二人して意地はっていつまでもツンケンしようし、里中君がおらんとこでも、お前は景気の悪いツラしとるし。ええか、仲違《なかたが》いするんは勝手やけどな、そういうおかしな空気の人間がおると、店の雰囲気まで、どっかおかしなるねん。お客さんの中には、何とのう、居心地ようないなと感じはった人らがおるかもしれん」

それはまったく夏神の言うとおりで、海里は申し訳なさそうに肩をすぼめる。

「ゴメン。できるだけ普通にしてようって思ってたんだけど」

「全然できとらんかったぞ。亭主として、さすがにもう見過ごすわけにはいかん」

身内としてというより、上司としての叱責《しっせき》には、意地っ張りな海里も素直にならざるを得ない。彼は、ペコリと小さく夏神に頭を下げた。

「うう……それはマジでごめんなさい。その、実はあの日、李英と……」

「なんやしょーもないことで言い合いになったんやろ。さっき、晩飯食いに来た里中君に、経緯《いきさつ》はざっくり聞いた」

諍いの原因を「しょーもない」と切り捨てられて、海里は少しムッとして言い返した。

「李英と気まずくなっちゃって、それを店にまで持ち込んだのは本当に悪いと思ってる。でも、しょーもないとか言わないでほしい。李英はつまんないことだって言ったかもしれないけど、俺は」

「里中君は、詳しいことはなんも言うとらん。お前のこともひとつも悪う言うとらん。ただ、『僕が余計なことをして、先輩を怒らせてしまったんです』て言うとっただけや」

「……そういうとこがイヤミだっつの。よくできた子アピールかよ」

「何か言うたか？」

「別にぃ」

あからさまにふて腐れる海里に、夏神は「子供か」と呆れ顔をする。

　ロイドは、海里の横で食器を洗いながら、主《あるじ》の険しい横顔を心配そうに見つめたものの、二人の会話に割って入るべきではないと判断したのか、何も言わずに作業を続ける。

　しばし、ロイドが立てるカチャカチャという小さな音と、客の話し声だけが店内に流れたが、やがて夏神は深く嘆息してこう言った。

「店の雰囲気を悪うした罰や。里中君と二人でこの週末、一泊二日で旅行してこい」

　思いもよらない夏神の発言に、膨れっ面の海里もさすがに驚いて声を上げた。

「はぁ？」

「旅行言うても、すぐそこやけどな。有馬《ありま》温泉や」

　夏神は、山のほうを軽く指さす。仏頂面のままではあるが、いささかユーモラスな仕草だ。

　海里のほうは、意外過ぎる展開に目を白黒させた。

「待って待って。確かに店は週末で休みだけど、有馬温泉なんて、急に言われても。宿、けっこう高いんだろ、ああいうとこの宿って。空き室だって、あるかどうか」

「空き室は、ある。金は要らん」

「ええっ？　どういうこと？」

　夏神は、そこでようやくニヤッと笑ってこう言った。

「昨日、俺、仕込みを済まして店開けるまでの空き時間に、ボルダリングのジムに行ったやろ」

「ああ、うん。そう言ってたね」

「そこで、馴染《なじ》みの仲間に久しぶりに会《お》うてな。有馬温泉で昔からちっこい宿を経営してはる人なんやけど、奥さんが急に亡くなって、自分も体調崩してしもてな。この一年半ほどは宿閉めて、ジムにも全然顔を出さんようになっとったんや」

「……大変だな」

気の毒そうな顔をする海里に小さく頷《うなず》いて、夏神はこう続けた。

「昨日、久々に会うたら、ずいぶん元気になっとってホッとしたんや。宿のほうも、そろそろ開けようと思うてるらしい。ただ、前は奥さんとふたりでやっとった仕事をワンオペでやるわけやから、勝手が違う。そやし軌道に乗るまで、一日一組限定でやろうと思うっちゅう話や」

「……うん」

「俺が客商売をやっとるから、ちょうどええと思うたんやろな。近いうちに一泊してくれへんか、タダでええから、モニターとして正直な感想を聞かしてほしいって持ちかけられた。そやから……あっちもこっちもＷｉｎ－Ｗｉｎの、ええ話や。俺の代わりに、お前らが行ってこい」

「えええ！」

驚く海里に抵抗のチャンスを微塵《みじん》も与えず、夏神は太い指で海里を軽く指して強い調子で言った。

「宿のほうは、大歓迎だそうや。里中君にもさっき、話は通した。これは、雇用主としての、従業員への命令や。ええな、この週末やぞ。どうせ一緒に行け言うても気まずいやろから、宿で現地集合でかめへんから。わかったな？」

もはや、夏神の言葉は提案ではなく、彼が言うとおり命令である。

彼に、ひいては店にも迷惑をかけた自覚があるだけに、海里は不服そうにしながらも、渋々「わかった」と頷いたのだった。

「そんなお顔をなさいますな。あれは、夏神様の精いっぱいの思いやりですよ。海里様と里中様のことを、ずっと心配なさっているのです。わたしもですが」

翌朝、店の営業を終え、片付けと入浴を終えてさて就寝というところで、それまで何も言わなかったロイドが、海里の枕元に正座してそう言った。

布団に潜り込み、枕に頭を預けた海里は、柔和なロイドの顔を見上げ、口を尖《とが》らせる。

「んなことは、お前に言われなくてもわかってる」

「ではどうして、いつまでもそんな風にむくれておいでなのです？」

「自己嫌悪の塊だから」

「はい？」

どこから見ても英国紳士なロイドが、畳の上できちんと正座しているだけでもずいぶん奇妙な光景なのだが、小鳥のように首を傾げると、さらに謎の可愛らしさが加わってしまい、海里も表情を緩めずにはいられない。

「いいから、もっと楽な姿勢で話をしろよ。俺まで寝ころがってちゃいけない気分になるだろ」

「おや、これは失礼致しました。では、少々くつろがせていただいて」

ひょいと座布団を引き寄せたロイドは、その上に体育座りをして、長い腕で膝《ひざ》を抱える。

「全然、少々のくつろぎじゃねえし。……それはそれとして、俺は別に李英に怒ってるわけじゃないんだ。たぶんあいつのほうが、俺に腹を立ててる。俺が自分で自分にガッカリし過ぎて、李英に理不尽な八つ当たりをしたから」

「でしたら、海里様のほうから、お早く謝罪なさればよろしいのに。里中様はお優しい方ですから、きっと受け入れて、許してくださいますよ？」

「わかってるよ。そんなことは、誰よりも俺がわかってるんだけど、なんかこう……それも違うなって」

「何がでございます？ 違う、とはどのような意味で？」

ロイドの問いかけは、いつもシンプルで客観的だ。

海里よりずっと長く、百年以上も眼鏡としてこの世に存在し、人に寄り添い続けた彼は、ある意味人間より人間らしいところがある。

一方で、人間の複雑過ぎる心理には理解が及ばないようで、「それはどういうことか」と遠慮なく問いを発するので、海里のほうも、「ニュアンスで察してくれ」と逃げることができず、正直に答えざるを得なくなる。

「悪いとは思ってるけど、李英に対するモヤモヤした気持ちは、全然消えてないどころか、減ってもいないんだ。それなのに、形だけ謝ってもダメだろ」

立てた膝小僧に顎《あご》を載せるという、まるで小学生のようなポーズで主の話を聞いていたロイドは、柔らかく微笑んだ。

「……何だよ？　小馬鹿にして笑ってんのか？」

「まさか。海里様は、ご誠実であられると、僕《しもべ》としては喜ばしく思っておりました」

海里はギュッと眉根《まゆね》を寄せた。

「誠実？　んなわけないだろ」

「いいえ。心からの謝罪でなければ謝罪にあらず。とてもよいお考えだと思います」

「そんな大袈裟《おおげさ》なことじゃないって」

「いいえ。言葉の上で謝っておけば、内心どう思っていても、きちんと謝罪したことになる……そんな風に考える人間も、世の中にはたくさんおります。心を伴った言葉で謝罪をしたい。そう思われる海里様は、素敵ですよ」

「でも、結果として謝れてねえし」

「ですから、その機会を夏神様がくださったのです」

ロイドは少し悲しそうな顔で、自分を指さした。

「思えば退院後、このお部屋で里中様が療養なさっていたときも、うっかりこのロイドめがおりましたせいで、お二人だけで言葉を交わされる機会が少なすぎたのでしょう。配慮が足りませんでした」

「えっ？　いや、そんな、ことは……ない、いや、ちょっとだけはあるかな」

「ありますとも。仲違《なかたが》いなさった後も、里中様がお店にお見えになるときはいつも、夏神様とわたしがおりますから、率直に話し合う機会がなかったはずです」

「……それは、確かに。だからこそ、俺も李英も救われてるところがあったしな。夏神さんとロイドとは、話せるわけだし」

「それがいけないのでございますよ。わたしと夏神様を、お二人ともが逃げ場になさっているのは、我々にとっても決して心地よいことではございません」

「はい、たいそう心の伴った謝罪をいただきました。どう致しまして、と申しましょう」

……それは、ごめん」

ロイドは膝を抱えたまま、穏やかにこう続けた。

「週末は、お二人だけで、うんとお話をなさいませ。こういうとき、人間は何と言うのでしたか、ええと、腹を切る……」

とうとう海里は小さく噴き出し、いつもの彼らしい調子で、ロイドにキレのいい突っ込みを入れる。

「それを言うなら、『腹を割る』だろ！　切ったら自害じゃねえか」

「そう、それでございます！　腹を割って、モヤモヤした想いも、率直にお話しなさいませ。謝罪も和解も、意地を張っていてはできないことでございますよ」

乾いた地面に降る雨のように、ロイドの静かな言葉は、海里の心に染み、硬くなっていたささくれを柔らかくしてくれる。

うん、と子供のように頷いた海里は、ふとあることに気づいて、ロイドの笑顔を見上げた。

「あれ、今、『お二人だけで』って言った？　お前は行かねえの、有馬温泉？」

ロイドは膝からわずかに顎を浮かせ、首を横に振った。

「ご一緒したいのはやまやまですが、今回は夏神様とお留守番をさせていただきます」

「マジで？　いや、さすがに温泉に浸《つ》かるのは眼鏡的にまずいだろうけど、観光したいって真っ先に言いだしそうなのに」

「まことにそのとおりなのですが、今回は、海里様と里中様、二人だけでお過ごしになっていただきたいですから。それに、お二人の仲を取り持つのは、この眼鏡には、荷が重いですからね」

「うっ」

「わたしが傍らに控えておりますのが当然のことと感じてくださったのでしたら、それはとても嬉《うれ》しゅうございますよ、海里様。ですが、今回だけは、おひとりでも泣かずにお行きになってください」

「泣かねえし！　幼稚園児じゃないんだから、有馬温泉くらいひとりで行ける！　それより、お前のほうは大丈夫なのかよ」

「大丈夫、とは？」

キョトンとするロイドに、海里は困惑しつつも問いを発した。

「だって、俺からあんまり遠くとか長くとか離れると、お前、人間の姿でいられなくなるだろ？『シェ・ストラトス』くらいの距離なら大丈夫なのはわかってるけど、有馬は一山越える感じだから、さすがにちょっと遠過ぎるんじゃないかと思ってさ。週末、ずっと眼鏡でいるのはつまんなくないか？」

「ああ、それでしたらお気になさらず。おそらく大丈夫です」

大丈夫とは？　と顔じゅうで疑問を表現する海里に、ロイドはそっとベストの胸元を押さえた。

「わたしのこの姿は、海里様との深い絆《きずな》の賜《たまもの》。それは確かでございます。ですが、最近、感じるのです。夏神様やこのお店とも、大いに絆が深まっていると」

「それってつまり、この店で夏神さんと一緒にいれば、今みたいに人の姿を保てそうってこと？」

ロイドは晴れやかな表情で頷《うなず》く。

「はい。感じるだけですから、今回、試してみないとハッキリしたことは申せませんが。絆……というより、このお店、このお部屋については、わたしの強い愛着と申しましょうか。それがわたしに、力を与えてくれているように感じます」

「わかる気がする」

ようやく納得した様子で、海里は言った。

「それって、テリトリーの話だろ」

「テリトリー……縄張りのことでございますか？」

「そうそう。これは夏神さんにはナイショな。だけど、最初にこの部屋で暮らし始めたときは、入るたび軽く絶望してたんだ。何だよ、このしみったれた貧乏くさい部屋って」

ロイドは、さっきの海里を真似るように眉《まゆ》をひそめ、小声で主《あるじ》を窘《たしな》めた。

「それは夏神様に失礼でございましょう。よいお部屋ですよ？」

わかってる、と海里は悪戯《いたずら》っぽく笑い、首を竦《すく》めた。

「だけど、それまでの俺は、東京で、セキュリティ抜群のスタイリッシュな新築マンションに暮らしてたわけよ。ひとりで、２ＬＤＫを悠々と使ってたわけ。いくら何でも、この部屋との落差が激しすぎ。没落感パネェだろ。ぶっちゃけ、うっすら屈辱みたいなもんすら感じてた」

「……なるほど」

「家具とかもまだ全然なかったし、殺風景で寂しくてさ。夏神さんともそこまで打ち解けてなかったし……お前もまだいなかったし」

「おやおや！」

「あからさまに自慢げな顔すんな！　胸も張るな！　とにかく、ここで寝るたび、悲しくなってた。勘違いすんなよ、勿論《もちろん》、居場所をくれた夏神さんには、めちゃくちゃ感謝してたし、今もしてるんだからな」

「ええ、それはわかっておりますよ」

「だけどさ、少しずつ環境を整えて、毎日寝起きして……そこの窓開けて、芦屋川沿いの風景が、季節ごとに変わって行くのを眺めてるうちに、いつの間にか、愛着が湧いてた。今はここが、俺のテリトリーだ、ここにいれば俺は大丈夫だって感じられる」

「わたしもです」

ロイドはハッキリとそう言って、四畳半の、お世辞にも広いとはいえない、昭和の薫りが漂う室内をぐるりと見回した。

「テリトリー、という言葉より、ホーム、と呼びたいような心持ちが致します」

「ホーム、か。そうだな。そっちのほうがいいな」

「はい。『住めば都』と申します。そして、その都に、夏神様と海里様がいらっしゃる。わたしたちがお出しする食事を、美味《おい》しい美味しいと喜んで召し上がるお客様がいらっしゃる。わたしにとっては、これ以上の幸せに溢《あふ》れた『ホーム』はございません」

「うん……。うん、確かにそうだ」

横たわったまま深く頷く海里に、ロイドは声に少し力を込めてこう言った。

「週末は、うんと話して、なんならほんの少し諍《いさか》いをなさって、そして和解なさって、共に晴れやかな気持ちでこの『ホーム』にお帰りください。夏神様とわたしは、おふたりの笑顔を心よりお待ちしておりますからね」

「……わかった」

海里は短く応じ、布団から右手を出して軽く握り込み、ロイドのほうへ差し上げる。

「ご武運を」

ロイドも自分の拳《こぶし》を海里のそれに軽く打ち付け、「きっと大丈夫ですよ」と請け合った……。

そして、土曜日の午後四時過ぎ。

有馬温泉でバスから降りると、街中よりは明らかに冷たい空気が海里の全身を包み込む。

「うわッ」

同じバス停で降りた数人の乗客たち同様、彼も首に巻き付けたマフラーに顎《あご》を埋《うず》めた。

驚いた亀のような動作だが、そうせずにはいられない厳しい寒さだ。

うっかり手袋を忘れてきたので、両手はダウンコートのポケットに突っ込む。

モコモコ感を嫌って薄手のダウンコートを着てきたことを、海里は静かに後悔した。

芦屋の市街地からは思いのほか近いとはいえ、やはり「山奥」である。気温はおそらく、四度か五度くらい低いだろう。

（李英のやつ、大丈夫だったかな。何て言うんだっけ、ええと……ヒートなんとか、そうだ、ヒートショック。心臓が悪い奴は、急に冷たいとこに出ると危ないんじゃなかったっけ？）

いくら仲違《なかたが》いしていても、長年、弟分として可愛がった李英の健康状態は常に気に掛かる。

（もう、あいつは宿に着いてるかな。まさか、どっかでぶっ倒れたりしてねえだろうな）

心配しながら、海里はスマートフォンで宿の場所を確認しつつ歩き出した。

二月に入り、少しずつ昼が長くなっているとはいえ、午後四時過ぎともなると、太陽は既に西に傾き始めている。

本当はもう少し早く到着するつもりだったのに、いざ李英と二人きりで旅行だと思うとやけに緊張してしまって、自室でウダウダと今やらなくていい片付けなどを始めてしまい、結局、苛立《いらだ》った夏神に叩《たた》き出される体で出発することになった。

今もなお、宿に向かう足取りは重い。

（このあたりのはずだな。小さい宿っていうから、町外れにあるのかと思ったら、意外とメインストリート沿いじゃん）

地図アプリの目的地を示す矢印を頼りに海里がやってきたのは、温泉地の中心部に近い、土産物の店が軒を並べる一角だった。

週末だけあって、食べ歩きやショッピングを楽しんだり、外湯を目指したりする人々で通りは賑《にぎ》わっている。

（温泉の匂いは、しないもんなんだな）

人波に乗ってゆっくり歩きつつ、キョロキョロと通りの両側を見ていた海里の目に、目指す「小さな宿　こゆるぎ」という控えめな看板が見えた。

「あ、ここか！　ってか、店？」

海里は足を止め、目の前の建物を眺めた。

まるで映画のセットのような、「古くて新しい」一軒家がそこにはあった。

古くて新しいといえば、通り沿いの家はすべてそういう雰囲気である。

おそらく、界隈《かいわい》を整備したとき、古い家屋にもこぞって手を入れたのだろう。

軒を並べる木造の家々は、クラシックでいて、同時にパリッとした清潔感とお洒落《しゃれ》な雰囲気を漂わせている。

「小さな宿　こゆるぎ」の看板を掲げた二階建ての建物も、一階はスッキリした店舗スペースになっていた。閉めてはあるが、大きなガラス戸のおかげで、店内は外からでも広く見渡すことができる。

白木をベースにした内装は、日本家屋でありながら、どこか北欧の雰囲気すら見る者に感じさせる。

「ここから入ればいいのかな」

他に建物の内部にアクセスする方法はなさそうだ。海里は躊躇《ためら》いながら、意外と軽いガラスの引き戸を開けた。

「ごめんくださーい」

通りの賑わいが嘘のように、店内はしんと静まり返っていた。

客の姿もなければ、店員もいない。

それもそのはず、店には何もないのである。

本来は、売り物を陳列するはずの台には何も置かれておらず、どの台にもただ白い布がバサリとかけてあるのみだ。

「か……開店休業？」

思わず海里が呟《つぶや》いたそのとき、店の奥から、「それを言うたら、完全休業ですね」という男の声が飛んで来た。

「うわっ、すいません」

思わず謝って姿勢を正した前に現れたのは、作務衣《さむえ》姿の中年男性だった。

短く整えられてはいるものの、量が多めの髪は見事に真っ白で、そのせいで一見、歳を取っているイメージだが、よく見れば顔はまだ若々しい。

せいぜい、四十代前半くらいだろう。

どうやら、店のいちばん奥まった場所、レジカウンターのあたりで何か作業をしていたらしい。

「お恥ずかしい限りで。昔は、この界隈の工芸品をここで扱《あつこ》うてたんですけど、今は手が回らんでがらんどうです。ええと、さっきお見えになったんは里中様やから、そちらは五十嵐様？」

「あっ、はい、そうです。このたびは、お世話になります……てか、ええと、宿再開、おめでとうございます？」

戸惑いながらの海里の挨拶《あいさつ》に、男性はクシャッと嬉《うれ》しそうに笑って頭を下げた。どこか照れ臭そうな、はにかんだような笑顔である。

「どうも、ありがとうございます。まあ、まずは宿のほうを細々と回せるようになるんが目標っちゅうことで」

「あ、宿はここと別にあるんですか？」

「いえいえ、宿は二階」

男性は、杉板張りの天井を指さした。

「あ、二階か！」

「そうそう。有馬温泉には、昔からこういう小さい宿がようけぇあったんですよ。一階がお店、二階が宿。食事は自炊か外食で、風呂《ふろ》は外湯。そんな感じでねえ」

「ああ、なるほど」

「ここも代々、昔ながらのそういう宿やったんですけど、僕と家内が親父から引き継いだとき、若い人にも楽しゅう泊まってもらえるような宿にしようと思いましてね。リフォームしてこんな感じに。食事も、朝夕はお出しするようになったんです。あ、申し遅れました。どうも、夏神さんにはようお世話になってます。『小さな宿　こゆるぎ』亭主の、守沢《もりさわ》と申します」

深々と頭を下げられ、海里も慌てて礼を返した。

「どうも、お世話になります。五十嵐です！　今日はその、なんか、凄《すご》く厚かましい感じで」

「何を仰《おつしや》います。こっちからお願いしたんですよ。夏神さんに泊まっていただくんもええんですけど、正直、うちの宿のメインターゲットは、お二人の世代なんでね。願ったり叶《かな》ったりっちゅうことで。あ、これはご内密に」

おどけた仕草で口元に人差し指を当て、守沢はカウンターを回り込んで海里のほうへやってきた。

「お連れ様は、もうお部屋にいらっしゃるんで、ご案内しますね。どうぞ」

「あ、どうも」

お連れ様という言葉を聞いただけで、海里の心臓はドキリと跳ねる。

李英に会うのにこんなに緊張するのは、彼が病に倒れたとき、連絡が取れないまま、彼の部屋へ向かったとき以来だ。

（落ち着け。今は李英は元気でいるんだ。自然に。自然に行け、役者だろ）

海里は守沢について狭くて急な階段を上りながら、胸元を拳《こぶし》で数回叩いた。

虚勢を張るつもりはないが、李英の兄貴分を自負している自分が、あからさまにオドオドしながら部屋に入るのは、あまりにも格好が悪い。

せめて守沢がいる間くらいはさりげなく振る舞いたいと、海里は必死で平常心を呼び戻そうとした。

だが、そうした小細工は、守沢がノックをしてから開いた扉から客室に一歩入った途端、海里の頭から吹っ飛んだ。

小さな宿と言いつつ、まだ青々した畳敷きの客室は、意外なまでに広々していた。

だが、驚くほど何もないのである。

座敷の奥には、大きなガラス障子があり、そこから差し込む夕日が照らすのは、部屋の中央に据えられた小さな座卓と、分厚い座布団だけ。

おそらく床の間代わりに、壁面に細長い掘り込みがあり、そこに小さな水彩画の額と一輪挿しが飾られているが、装飾はそれだけである。

(テレビ、ないんだ。つか、李英もいないぞ)

呆然《ぼうぜん》とする海里に、守沢は恥ずかしそうに告げた。

「ゆっくりしてほしいんで、テレビも電話もなんも置いてないんです。あ、けど、トイレとシャワールームはそこの引き戸向こうにありまして、そこに金庫と小さい冷蔵庫は置いてあります。……あ、お連れさんが」

どうやら、ガラス障子の向こうはちょっとした廊下になっていて、そこから隣の部屋に行けるらしい。ガラス障子を開けて姿を見せた李英から、海里はつい反射的に、目を逸《そ》らしてしまった。

「廊下で繋《つな》がってる隣の部屋が、寝室でね。ベッドでおやすみいただけます。外国からのお客さんも多かったもんで、やっぱりベッドが楽らしいてね」

「あ……なる、ほど」

守沢の話に半ば上の空で相づちを打ちつつ、海里はそろそろと李英に視線を戻す。

李英もまた、何とも決まり悪そうな顔で海里をチラチラと見返してくる。

「お連れ様にはご説明しましたけど、温泉はうちにはないんで、お向かいの旅館の大浴場を使っていただけます。そちらは無料で何度でも。お金はかかりますけど、外湯もええもんですよ。クローゼットの中の浴衣《ゆかた》と羽織を着てどうぞ」

「あ、はあ」

「食事は七時くらいにこちらにお持ちしますんで……本気で何もないですけど、ごゆっくり。お客さんをお迎えするんは久しぶりなんで、気がつかんことは何でも仰ってくださいね。ほな」

何とも不自然な二人の様子を、自分への遠慮だと考えたのだろう。守沢はやや早口で説明をすると、そのまま部屋を出ていってしまった。

海里としては、心の準備ができるまでいてくれと引き留めたい心境だったが、そんな逃げを打つわけにはいかない。

「あの……えっと」

やはり自分からと、海里は覚悟を決めて李英に向き合った。

二人が顔を合わせるのは、四日ぶりである。

木、金曜日と、李英は一泊二日で退院後の経過を見る検査入院をしていたので、「ばんめし屋」には顔を出さなかったのだ。

まずはそこからと、海里は落ち着き払った体で、そのくせ酷《ひど》く上擦った声で話しかけた。

「その、検査入院の結果、とかは」

ガラス障子を背に突っ立ったままの李英もまた、硬い表情と小声で応じる。

「まだ結果が出てない検査もありますけど、おおむね順調だろうと」

「そっか。よかったな」

「ありがとうございます」

出会ったときからずっと親密だった二人なのに、今、ガランとした室内に漂う寒々しい空気に、海里は早くも泣きたいような気持ちになる。

「あの、あのな、李英」

謝ろう。もう、心が伴わないと本当の謝罪ではない……などとお高くとまっている余裕はない。とにかく謝って、この空気を何とか変えたい。

後のことは、それから考えよう。

李英が話を聞いてくれるようになったら、心をこめて、許してくれるまで謝ろう。

そんな衝動に突き動かされ、海里が「悪かった」と言いかけたとき、李英は沈んだ表情でピシャリとこう言った。

「僕、移動で少し疲れたので、夕食まで休みます。どのみち温泉に長く入るのは無理なので、先輩はおひとりで楽しんできてください」

そして海里の返事を聞かず、李英は再びガラス障子の向こうに消えてしまう。

ひとり残された海里は、ギュッと両の拳を握りしめた。

感情のままにぶつけた暴言が、病み上がりの李英をどれだけ傷つけてしまったのか、今の彼の態度が雄弁に物語っている。

(俺、またやらかすところだった)

海里の口から、細く長く、肺が空っぽになるほどの溜《た》め息が漏れた。

(その場を取り繕うようなことを言っても、ダメなのに。つい、逃げようとしてしまった)

まだダウンコートを着たまま、マフラーも巻いたままの姿で、海里は畳の上に頽《くずお》れるように腰を下ろした。

同じ和室でも、狭くてもくつろげる自室ではなく、見慣れないこのだだっ広い客室、しかもロイドも夏神もいない空間では、海里はどこまでも孤独である。

室内の、どこに身を置いていいかわからない感覚を久々に感じつつ、海里はふと思った。

（でも、李英はずっとひとりなんだよな）

無論、裏表がなく、人柄のいい彼は、誰からも愛される。派手さはなくても、舞台役者としての才能と実直な仕事ぶりは、高く評価されている。

それほど数は多くなくとも、デビュー時から変わらず応援してくれる息の長いファンはいるし、一緒に仕事をした舞台関係者は、必ず彼をもう一度起用したいと思うはずだ。

役者としての李英は、決して孤独ではない。

それでも。

（住み慣れた東京を離れて、関西で一人暮らしをして。病気になって。本当は頼りたいはずの両親にも頼れなくて。きっと、俺たちだけじゃ、足りなかったよな。ずっと、心細かったよな）

何もかもやむを得ないこととはいえ、李英にとって、この数ヶ月はとてつもなくつらい日々だったことだろう。

それなのに、ネガティブな感情は極力出さず、たまに海里に控えめな泣き言を言う程度でぐっと我慢してきた李英を、自分はくだらないことで傷つけてしまった。

海里の胸に、あらためて、苦い後悔が満ちる。

（あんなに、朗読のレッスンを楽しんでいたのに。きっと、病気になってから、やっと手放しで「楽しい」って思えた時間だったはずなのに。俺は）

海里は我知らず唇を噛《か》む。

(俺は嫉妬《しっと》で八つ当たりして、その楽しい気持ちを消しちゃっただけでなく、李英を傷つけて……。はあ。何が兄貴分だよ)

また、深い溜め息がひとつ。

(それに俺は、自分の中のドロドロから、目を背けてたかも。夏神さんが俺を店から放り出したのは、「自分のテリトリーで甘えてんな」ってことだったのかな。アウェーの地で、李英と、俺自身に真っ直ぐ向き合えってこと、なのかな)

海里の視線は、寝室と今いる部屋を隔てる、漆喰《しっくい》塗りの壁に注がれた。

そんなつもりはないのだろうが、李英が今、別々に過ごす時間を与えてくれていることが、海里にはこの上なくありがたい。

夕食の席で、もう一度、彼と話し合うチャンスを与えてもらえるかどうかはわからない。それでも、たとえ三分でも五分でも、飾らない、偽らない気持ちを打ち明けて、許しを請いたい。

(気合い、入れなきゃな)

精進潔斎などという言葉には縁がない海里ではあるが、温泉の力を借りて、心身共にスッキリした状態で、李英と顔を合わせたい。

(温泉にも、水風呂《みずぶろ》くらいはあるよな。形から入るタイプなのはマジで恥ずかしいけど、腹を括るためには、水くらい被《かぶ》らないと。よし!)

海里はすっくと立ち上がり、眠っているかもしれない李英を起こさないよう、できるだけ静かにクローゼットを開け、備え付けの浴衣に着替え始めた……。

「本当に大丈夫ですか？」

頭の上から聞こえる心配そうな声に、海里は目を閉じたまま、片手をゆらゆらと振って答えた。

「大丈夫。もう落ちついた」

「本当に？　ベッドに行って、しばらく寝たほうがいいんじゃ？」

「や、マジで大丈夫。ごめんな、心配かけて」

そう言って、海里は畳に片手をついて身体を支えながら、ゆっくりと起き上がった。

傍らには、オロオロと座り込む李英の姿がある。

海里は裾《すそ》や胸元が豪快にはだけた浴衣姿だが、李英はスエットの上下という、自室にいるときのような服装をしている。

「はー……マジでごめん。最低だ、俺」

畳の上に胡座《あぐら》をかいた海里は、ガックリと項垂《うなだ》れた。

水垢離《みずごり》のつもりで、この有馬温泉ではいちばん有名な共同浴場、「金の湯」に向かった海里だが、残念ながら水風呂はなく、一方で、「金の湯」の名の由来になっている赤褐色の温泉は、あまりにも魅力的だった。

せめて自身に気合いを入れようとより温度が高いほうの湯に浸《つ》かり、どんな風に李英に話を切り出そうかとあれこれ思案しているうちに、海里はうっかり長湯してしまったのである。

それでも宿への帰り道は、冷たい風に吹かれ、「さすが温泉、身体の中からポカポカして、ちっとも寒くないぞ」などと感心していたのだが、暖かな宿の部屋に戻った途端、温泉の熱が全身から噴き出すような感覚に襲われ、すっかりのぼせてしまった。

海里がバタンと倒れる音を聞きつけて、寝室から飛び出してきた李英に、海里は水だ団扇《うちわ》だと、甲斐甲斐《かいがい》しく介抱してもらっているという現状なのだった。

「病み上がりの奴に心配かけるとか、最悪オブ最悪だよ。ごめん。……あのさ。風呂ん中で、色々、考えてたんだ。お前のこと、俺のこと。こないだのこと」

「温泉で考え事は、あんまりよくないですよ。お湯の中では、リラックスしないと」

海里の隣に、よくロイドがするように緩く膝《ひざ》を抱えて座った李英は、そう言ってクスッと笑った。

「！」

朗読レッスン直後の諍《いさか》い以来、初めて自分に向けられた笑顔に、海里の目から、ぶわっと涙が溢《あふ》れる。

そのリアクションにいちばん驚いたのは、海里自身だった。

「うわッ」

慌てて浴衣《ゆかた》の袖《そで》で目を覆い、海里は悲鳴に似た声を上げる。

「ちょ、タイム！　こっち見んな！　これは恥ずかしすぎる」

「せ、先輩？　泣くほど具合が悪いんなら、やっぱり寝たほうが」

慌てる李英に、海里は涙声で「違う」と答えた。

「違う。お前が、笑うから」

「はい？」

「お前が、何でもなかったみたいに笑ってくれたから、嬉《うれ》しくて。でも、それはまだ早い。早すぎる。無理言って悪いけど、いっぺん引っ込めてくれ、それ」

「……先輩」

感情の読めない李英の声に、海里は怖々浴衣の袖を顔から離す。

すぐ近くにある李英の顔は、海里のリクエストどおり真剣な表情で……しかしそれは五秒と持たず、李英は呆気《あっけ》なく笑み崩れた。

「もう、無茶言わないでください。僕、今は板の上じゃないので、そういうお芝居は無理です」

「けど！　お前、一週間以上、俺にはブスッとした顔でい続けたじゃねえかよ。しかもガン無視でさ」

久々に見た李英の笑顔が眩《まぶ》しすぎて、つい咎《とが》めるような声を出してしまった海里に、李英は気を悪くする様子もなく、「しんどかったですよ、怒り続けるの」とサラリと言った。

「えっ？」

「さすがに僕も腹が立ったので、今度こそ許さないぞって思ってたんですけど、でも、もともとあんまり怒り慣れていないし、それに、僕も考えたんです。先輩がきっとそうだったみたいに、僕も、色々考えたんですよ」

「お、おう」

李英は少し恥ずかしそうに、寝室のほうを指さした。

「さっき、寝るって言って寝室に引っ込んだとき、先輩、迷子になった子供みたいな顔をしてました」

海里はまだのぼせて赤い頬を、これまたまだあつあつの手のひらで擦《さす》った。

「俺、そんな顔してた？」

「してました。それを見たら、先輩が凄《すご》く悩んで、後悔してることが伝わってきて。もういいやって。ひと寝入りしてスッキリしたし、もうあとは普通に旅行を楽しもうって思ったら、帰ってきた先輩がバターンッて」

海里はのぼせに羞恥《しゅうち》を加え、火を噴きそうな赤い顔で、両手を合わせて詫《わ》びた。

「いや、マジでごめんって。だけど、まだスッキリしないでほしかった……！」

「またそんな無茶を言う！」

「いや、そうなんだけど。お前がハッピーな顔に戻ってくれて嬉しいんだけど、でも、ちゃんと話して、ちゃんと謝るチャンスがほしいっていうか。ああいや、それは俺の勝手な我が儘《まま》なのか。そうだな。いや、でも！」

突然訪れた葛藤《かっとう》に、海里が軽いパニックに陥りかけたとき、扉をノックする音が聞こえた。

李英が「どうぞ」と声を掛けると、入って来たのは守沢だった。

さっきの作務衣《さむえ》の上から、板前然とした白い前掛けをキリッと身につけている。

「どうも、お待たせしました。少し遅くなってしもてすみません。お夕食、セットしますね」

そう言うと彼は、座卓の上にＩＨコンロを据えた。木造建築なので、火気は避けたいのだろう。

その上に大きな土鍋《どなべ》を置いて加熱をスタートさせ、鍋料理用の食器を二人分手早くセッティングすると、守沢は「ご準備ができましたよ、どうぞ」と二人に声を掛けた。

まだのぼせが残っている海里だが、少し空腹を感じる余裕は生まれている。

海里と李英はひとまず話を中断して、席に着いた。

「家内と二人でやってた頃は、懐石風の家庭料理みたいな感じやったんですけど、今は僕ひとりなんで、鍋でお茶を濁す所存です」

そう言って、守沢は恥ずかしそうに笑って土鍋の蓋《ふた》を取った。

「うわー」

土鍋の中でぐらぐらと沸いているのは、赤っぽい味噌《みそ》を濃く溶いた出汁《だし》だった。

そこに既に、白菜、葱《ねぎ》、ささがきごぼう、玉蒟蒻《こんにゃく》、椎茸《しいたけ》、エノキダケ、人参《にんじん》と豊富な種類の野菜がたっぷりと入っている。

「そこに、これを」

そう言って守沢は、傍らのトレイに置いた大皿を持ち上げ、二人に見せた。

「うわー！」

二人の口から、同時に歓声が上がる。

それは、大皿いっぱいに花のように盛りつけられた、猪の薄切り肉だった。

「ぼたん鍋ですか！　俺、噂には聞いてたけど、初めて。丹波篠山《たんばささやま》のが有名なんですよね？」

「おっ、さすがに定食屋の店員さんだけあって、お詳しいですね」

守沢は嬉しそうに笑いながら、菜箸《さいばし》で、肉をどんどん鍋の中へ入れていく。

「死んだ家内の実家が、丹波篠山市でね。馴染《なじ》みの店の猪肉《ししにく》を融通してもろてるんです。旨《うま》いですよ」

そう言いながら、皿いっぱいの肉をいっぺんに鍋に入れてしまった守沢に、李英は驚いた顔で問いかける。

「あの、少しずつ入れて……とかじゃないんですね」

すると守沢は、何故か少し得意げにこう宣言した。

「三十分！」

「え？」

「猪肉は、煮れば煮るほど軟《やわ》らこう、美味《おい》しゅうなる。それが、家内の父親がぼたん鍋を仕切るときの決め台詞《ぜりふ》やったんです。絶対に、三十分は肉に手ぇつけさしてくれませんでした。僕も最初は半信半疑やったんですけど、これがホンマでねえ」

「へえ……！」

海里の目が、好奇心に輝く。

「一枚くらいはよ食べてみてもええですけど、後悔しますよ」

ちょっと厳しい顔を作って釘《くぎ》を刺してから、守沢は加熱の加減を調整し、「三十分です」とつけてもいない腕時計を示す仕草をして、部屋を出ていった。

「三十分ですって」

李英が鍋の中身を見下ろしながら、可笑《おか》しそうに復唱する。

「三十分か。待ちが長いな。味噌のいい匂いがするから、腹、減ってきた」

海里がそう言うと、李英は「僕もです。でも」と、鍋ごしに海里を見た。

「でも？」

「ちょうどいいです。三十分、区切ってもらえたほうが、きっといいと思うから。肉が美味しく煮えるまで、話をしましょう」

微笑んだままの李英のつぶらな目には、静かな決意が湛《たた》えられている。

「そうだな。十五分ずつか。やった、予想よりだいぶ長い」

「予想？」

「あ、いや何でもない！　その、俺から話してもいいか？」

海里がそう言うと、ふわふわと立ち上る湯気の向こうで、李英が頷《うなず》く。

他人が見れば滑稽《こっけい》なシチュエーションかもしれないが、これこそ、自分たちらしい「話し合いの場」だと、海里は感じた。

和やかに、温かく、でも真剣に、正直に、痛みをきちんと感じながら話そう。

そう心に誓って、海里は深呼吸を一つして、「あのさ」と話し始めた……。

三章　それぞれの荷物

「俺はさ、結局、凄く自分勝手なんだ」

ぐつぐつと煮える鍋を前にすると、何故か人間は、素直に話せるようになるのかもしれない。

海里は、温泉でのぼせてしまうほど一生懸命見つめた自分の心を、飾らず、素直に李英に打ち明けた。

「こないだお前に叱られたみたいに、俺は一度、芝居から逃げた。ちょっとドラマでいい役がこないとか、オーディションに落ちまくったとか、監督に顔だけしか褒めるところのない役者って言われたとか、そんなことで、向いてないって腐っちまった。つまんない思いをして芝居にしがみつくより、バラエティで賢く楽しく、上手くやっていけるって思い上がった」

相づちを打ちにくい切り出し方をされて、李英はいささか困惑しつつ、黙って海里の話を聞いている。それに構わず、海里は迷いのない口調で言った。

「そのくせ、やっぱ芝居が大好きなんだ。こっちに来てから色々あって、倉持さんの朗読に出会って、稽古《けいこ》をつけてもらえるようになって、ますますそれを感じてる。俺は、演じることが好きだ。役者の仕事が好きだ」

「……はい！」

熱のこもった海里の声に、李英はちょっと嬉《うれ》しそうに頷《うなず》く。だが海里は、居心地悪そうに、浴衣《ゆかた》の肩を揺すった。

「でも、俺はもう芸能人じゃない。ただ、やりたいから朗読をやってる。目標は、倉持さんと同じ『シェ・ストラトス』の舞台で、淡海《おうみ》先生が俺のために書き下ろしてくださった作品を朗読すること。それで俺は、たとえその一瞬だけでもプロの役者に戻れる。その先のことはわかんないけど、今はそれがただ一つの目標なんだ」

「それ、凄く羨《うらや》ましいですよ？　淡海五朗《ごろう》書き下ろしの作品を朗読できる役者なんて、そうそういないですもん」

李英の素直な羨望《せんぼう》が滲《にじ》む突っ込みに、海里は口角を少しだけ上げて、「わかってる」と答えた。

「恵まれてる。素人にしては、恵まれすぎてる。だけどさ、俺は欲張りなんだよ。お前みたいに、自分との戦いじゃ気が済まないんだ」

「……というと？」

「お前がいれば、お前に勝ちたい。他の奴がいたら、そいつにも勝ちたい。ろくに才能がないことなんかわかってるし、努力が全然足りてないってこともわかってるけど、それでも勝ちたい」

海里の駄々っ子のような言いように、李英は困り顔になった。

「先輩、そんなこと言われても」

「だろ？　ごめん。だから、こないだもあんなことになった。お前があんまり倉持さんに褒められたもんだから、なんか、自分の存在価値がめちゃくちゃ減ったみたいな気がして焦ったんだ。焦ったどころか、パニックになっちゃったんだろうな、俺」

「存在価値が、減った？　パニック？」

「レッスン初体験のお前が、あんないい朗読しちゃったらさ。倉持さん、俺なんか教えるの、馬鹿馬鹿しくなっちゃうんじゃないか。俺の朗読を聞いて、ゲンナリしちゃうんじゃないか。もう、俺なんかどうでもよくなるんじゃないかって」

李英は心底困った顔つきで、溜《た》め息をついた。彼の息で、鍋から立ち上る湯気がふわっと乱れる。

「そんなわけ、ないですよ。ホントにハッキリ言いますけど、そんなこと気にしてるのは、たぶん先輩だけです」

後輩に正論を突きつけられ、海里は肩をすぼめた。

「それな。こないだの朗読イベントで、倉持さんに冗談交じりに軽くそう振ったら、正座で死ぬほど怒られた。むしろそれが理由で破門されそうになった」

「先輩。もしかして、失礼ながらちょっとだけ……その、ばかなんじゃ。すみません、でもこれ以上、適切な言葉が見つからなくて」

珍しくまったくの真顔でディスってくる李英に、海里はますます身体を小さくする。

「わかってる。『バカなの』って倉持さんにも言われた。『むしろ、あなたの話にゲンナリよ。あなた、まさか私があなたより優秀な役者を知らないとでも思っていたの？　そんなわけがないでしょう』って言われた。そのとおりだよな。俺、ほんとこう……頭悪いなって」

李英は、むしろ途方に暮れた顔で、それでも正直にこう言った。

「すみません、先輩。今回ばかりは、否定できないかも」

海里も情けない面持ちで、はあ、と情けない息を吐いた。

「いいよ、無理して否定しなくても。全方位みっともないのが、今の俺だ。これからもみっともないまま、足掻《あが》くしかないんだと思う。芝居が好きだから、足掻きたいんだ」

「……はい。僕は、先輩のお芝居が好きですよ。前にも言いましたけど、華があって、魅力的です。先輩はそう思ってないかもですけど」

「ありがとな。褒めてくれたのにこう言うのはアレだけどさ」

海里は大真面目な顔で、こう断言した。

「俺、この先もずーっと、お前に嫉妬《しっと》し続けて生きる、と思う」

「ええっ？」

予想を軽やかに超えた宣言に、李英は小犬を思わせるつぶらな目をまん丸にする。

「あの、それって……？」

海里は、むしろ淡々と、「温泉でずっと考えて、これしかないと思ったんだ」と話を続けた。

「お前のことは、ミュージカルがきっかけで出会ってから、ずっと好きだ。大事な弟分だし、尊敬する役者のひとりだし、ずっと今みたいに……たとえ立ち位置が違っても、この先別々の場所で生活することになっても、気持ちは繋《つな》がってたい。お互いが頑張ってる姿を自分の励みにするみたいな、そんな関係でいたいし、お前が何をしてても、犯罪以外は全力で応援する」

「あ、ありがとうございます」

「でも、それとは別に、俺の心のいちばん近いところにいる役者がお前である限り、お前は俺の仲間であり、目標であり、敵でもあり、嫉妬の対象でもある」

「えええ……後半はちょっと」

李英の困惑に構わず、海里は迷いのない眼差《まなざ》しで宣言した。

「俺が怠けてるときも、お前はずっとコツコツ努力してきた。今、病気の後遺症を抱えても前向きにやれることに取り組もうとしてる。そういうお前の偉いところ、お前の頑張りは、俺が誰よりもわかってる。でもやっぱり、お前がいい仕事をするたび嫉妬する。絶対する」

「絶対、しちゃうんだ……」

「する。だけど、八つ当たりはもうしない。こないだので、人生最後だ。それは、約束する。『嫉妬からの自己嫌悪、それを持て余して八つ当たり』のコンボは最悪だった。お前を傷つけて、俺自身も落として。何もいいことはなかった」

「はい。それは、そうですね」

「そうじゃなくて、これからは嫉妬を、俺自身が前に進む力に変える。約束する。嫉妬させてくれ」

李英はどう答えていいかわからなくなったようで、無言で目をパチパチさせている。

そんな中、海里のスマートフォンが、空気を読まない軽快なアラーム音を響かせた。

ピピッ、ピピッ、ピピッ。

「先輩、まさか」

「おう、十五分。アラームかけてた」

変なところで几帳面《きちょうめん》な海里に、李英はふふっと笑い出した。

「わかりました。なんていうか、そういうことなら、先輩に嫉妬されるの、ちょっと光栄かもしれません」

「光栄は言い過ぎだろ。まあ許したろか！　くらいでいいよ」

「なんで関西弁なんですか。でも、わかりました」

「じゃあ、あらためて。こないだはごめん。ホントに反省してる」

海里はゴソゴソと正座して、深く頭を下げる。李英もまた、慌てて同様にお辞儀を返した。

「あの、八つ当たりについては、ちゃんと謝罪をお受けしないと僕も気持ちの整理がつかないなって思うんですけど、僕からも、謝らなきゃいけないことがあって」

頭を上げた海里は、怪訝《けげん》そうに眉《まゆ》をひそめる。

「お前が俺に謝らなきゃいけないことなんて、何もないだろ？」

李英は、言葉を探すように首を傾げ、曖昧《あいまい》に頷いた。

「そっか、先輩に謝るのはちょっと違うかな。でも、あの日からうんと考えて、反省はしたんですよ」

「反省？　何に？」

その疑問にすぐ答えることはせず、李英はまた少し考え、言葉を探すようにゆっくりと話し始めた。

「じゃあ、ここからは僕の十五分ってことで。倉持先生のレッスンのあと、先輩がキレてひとりで帰っちゃってから、僕も相当怒ってて。だけど……自分でもちょっと変だなって思ったんです。どうしてこんなに腹が立つんだろうなって」

もさもさと長い脚を胡座《あぐら》に組み直し、海里はますます訝《いぶか》しげな顔つきになる。

「いや、凄《すご》く怒っていいんじゃね？　俺の八つ当たり、理不尽百パーセントだったぞ？」

「とはいえ、あの、身体の中にぐるぐる渦巻くみたいな激しい怒りって、今まで感じたことがなくて。僕、いつもは怒るよりしょんぼりしちゃったり悲しくなっちゃったりするタイプなんですよ。たぶん先輩はよく知ってると思いますけど」

海里もそれにはすぐに同意する。

「確かに。お前、誰かに嫌なこと言われるとすぐ凹《へこ》むから、『いやそこは怒れよ！』ってよく言ってたっけな、ミュージカル時代」

李英は懐かしそうに手を打つ。

「そう、それです。僕って本来、そういう性格なのに、どうしてあんなに怒っちゃったんだろう、そしてずっと継続して怒ってるんだろう。先輩の言葉のどこにそんなに腹を立てたんだろうって。いや、先輩の言葉はきっかけに過ぎなくて、ほんとはその前から、ネガティブな感情を抱えてたんじゃないかなって」

「……そんなこと、冷静に分析したのかよ？」

「今、療養中で、時間だけはたっぷりありますからね。芦屋川の河川敷を歩きながらとか、検査入院した夜に病室でも、ひたすらに考えてたら……ろくでもないことに思い当たりました」

「ろくでもないこと？」

首を傾げる海里から目をそらし、李英はそっと目を伏せた。

「こんなこと、人として言っていいのかどうか」

そんな後輩の弱気な発言に、海里は半ば反射的に、「謝罪する人」から「兄貴分」に戻る。

「いいよ、何でも言えよ。ここには俺しかいない。俺には、何でも言えるだろ？」

「……たとえ先輩でも、幻滅して、もう嫉妬なんかしてくれなくなるんじゃないかな」

「聞いてもいないうちから、幻滅しないなんて約束はできねえ。俺だって人間だし、どんな話を聞いても、それなりに思うことはあるわけだし、どっち方面に感情が振れるかなんて、聞いてみないとわかんないからさ」

あまりにも率直な海里の言葉に、ずっと不安そうだった李英は、表情を和らげた。そのリアクションに、むしろ海里のほうが訝しげになる。

「……何だよ？」

「いいえ、先輩は、どんどん変わっていくように見えて、根っこはいつだって真っ直ぐで、変わらないなあと思って」

「その言葉、そっくりそのまま返すわ。お前こそ変わってねえよ。……で、何？　幻滅しようがしまいが、俺、それでお前を嫌いになることだけは絶対にないから。そこだけは断言できるから。それでも喋《しゃべ》れないか？」

李英は湯気越しにじっと海里を見つめ、それから「喋れます」と静かに言った。

「先輩が僕を嫌いにならないなら、愛想を尽かさないなら、呆《あき》れられても幻滅されてもいいです。むしろ、嫌な顔をしてもらったほうが、駄目な自分を叩《たた》きのめせるかもしれない」

「……なんか穏やかじゃねえな。何？　マジで早く言ってくれよ」

「僕が腹を立てたのは、先輩の『連れてくるんじゃなかった』って一言だったんだなって」

「それは俺のガキっぽさとか心の狭さとかが言わせたことだよ。むしろお前が俺に幻滅していい奴だろ」

「じゃ、なくて」

「へ？」

「先輩は、僕にとっては大切な人です。駆け出し役者の頃、先輩が支えてくれなかったら、僕はこの仕事を続けられなかった。そして今では、倒れてた僕を見つけてくれた命の恩人でもあります。とても……とても、感謝しています。それはホントです。信じてくださいね」

「お……おう？」

「だけど、なんだか僕、感謝することや謝ることにとっても疲れてしまって」

「……ん？」

李英の言うことが咄嗟《とっさ》に理解出来ず、海里は間の抜けた声を出す。

視線を上げた李英の目には、うっすらと涙が浮かんでいた。

「お、おい、李英？」

「情けないんです、自分が。僕、病気になって、色んな方にお世話になりました。先輩、マスター、ロイドさん、病院の先生や看護師さんや理学療法士さんたち、ササクラさんと、マネージャーの金得《かなえ》さん、ほかにもたくさんの方々に」

「う、うん」

「同時に、ご迷惑もたくさんおかけしました。現在進行形でおかけしていると思います。事務所の方々や、本当はお仕事をご一緒しているはずだった方々には特に。あと、マスターにも。父の希望で、僕に毎日食事を出してくださって」

「それは、夏神さんがそうしないと気が済まないとこが確実にあるんだと思う。お父さんから食費も貰《もら》ってるしさ。そこは気を遣わなくてもいいって」

「ありがとうございます。でも、やっぱり今の僕が言えるのは、誰に対しても、『ありがとうございます』と、『すみません』だけなんです。色んなことができなくて、色んな人に助けてもらわないと生きられない現状なので、それは当たり前なんですけど」

「……ゴメン、なんかよくわかんない」

「ですよね。僕も、こうなってみて初めてわかりました。毎日毎日、何をするにも誰かに助けていただいて、お礼とお詫《わ》びばっかり繰り返していたら、何だか自分が物凄く役立たずに思えてきて、苦しいんです」

海里はますますわからないと言いたげに首を捻《ひね》った。

「だけどさ、それはしょうがないことだろ。誰だって、大病や大怪我したら、そうなるよ」

「しょうがないから、余計にきついんですよ。自分のために、誰かが時間を割いてくれる、手間を掛けてくれる、代わりに頭を下げてくれる、あれこれ考えてくれる。なのに僕は、口先だけで、実際に感謝や謝罪を形にすることができない。していただいた分を、何らかの形でお返しすることもできない。それが苦しくてしょうがないんです」

海里は口をへの字に曲げ、やはり「わからない」と顔じゅうで訴えながら、それでもしばし考えてから、自信なげにこう問いかけた。

「それってつまり、Win-Winにできないつらさってこと?」

李英も、海里の質問を嚙《か》み砕くように沈黙してから、こっくりと頷《うなず》いた。

「たぶん、そういうことだと思います。病気になる前だって、全部をWin-Winにできてたわけじゃないですけど、病気になってからは、何一つそうできてない。それに気づいたら、自分の感謝の言葉も謝罪の言葉も、物凄く薄っぺらく、形だけのものに感じてしまって、言うたびに、自分に嫌気が差して」

李英はそこで言葉を切って、海里を見た。

「先輩に『連れてくるんじゃなかった』って言われたあのとき、僕、一瞬思ったんです。先輩は命の恩人だし、ずっとお世話になってきた人だし、今日もこうして倉持先生のレッスンに参加させてくださったし、お礼を言わなきゃ、不快にしてしまったんだから謝らなきゃって。だけど……そんな上っ面の、擦り切れた言葉でやり過ごそうとしている自分が嫌で」

「それって、つまり」

「考えてみたら、僕も先輩に逆ギレっていうか、八つ当たりしてた感じがなくもない、わけですよ」

そう言って、李英はちょっと恥ずかしそうに笑った。ポカンとしていた海里の顔にも、何ともやるせない苦笑いが浮かぶ。

「お互いがお互いに八つ当たりして、怒ったり自分が嫌になったりしてたわけか」

「そういうことみたいです」

二人は顔を見合わせ、何とも言えない微妙な表情で笑い合う。

「……あと五分あるな」

スマートフォンでアラームを確認した海里は、躊躇《ためら》いがちに再び口を開いた。

「あのさ。お前のその『ありがとう』や『すみません』がしんどくなる気持ち、俺、ちょっとだけはわかる気がする。夏神さんに拾ってもらって、店の二階に住まわせてもらったときさ、店の仕事を手伝わせてくれて、凄《すご》くホッとしたんだよ。ミリでも恩返しできたかなって感じてさ。あんときの気持ちを思いだした。今のお前のつらさは、それどころじゃないんだろうけど……」

肯定も否定もしづらいのか、李英はただ視線で先を促す。

「無責任とかお気楽とか思われるかもしれないけど、こう考えるのはどうかな。『ありがとう』も『すみません』も、手付金だと思えばいいんじゃね？」

「手付金、ですか？」

「うん。ほら、でかい買い物をするときはさ、手付金とか頭金とか払って、残りはローンを組むじゃん？」

「……まあ、そうですね」

「それと同じ。今は、できることの手持ちがないから、気持ちだけ払う。お前が健康を取り戻してから、残りを少しずつ返す。それでいいんじゃないかなって」

「恩返しのローン、ですか」

「そうそう。何十回払いになっても、お前が忘れさえしなきゃいつかは返せるじゃん。それにローンなんだから、利子をつけて、余分に恩返しすればいい。……ダメかな、そういうの」

「……恩返しのローン返済、かあ」

何度か口の中でローン返済、と繰り返してから、李英は久しぶりに見せる晴れやかな笑顔を海里に向けた。

「ありがとうございます。やっぱり先輩は、色んな意味で僕の恩人です」

「ちょっとは楽になった？」

「凄く。僕、絶対、お世話になった方のことも、ご迷惑をおかけした方のことも、忘れません。忘れずに、きっといつか、少しずつでも恩返しをします。できる自分になります」

「しかも、利子をつけて」

「はい、利子をつけて！　何だか、胸もお腹もすうっと軽くなりました。リハビリを頑張って、なれるところまで健康になります。役者に戻れることをいちばんの目標に、でも、そのときどきの自分にできることを探して頑張ります」

「……うん。でも、自分ひとりで頑張り過ぎんなよ。俺にできることは、何だって手伝うからさ」

海里も、ホッとした様子で頷く。

そのとき、あまりにもタイムリーに、アラームの音が再び響く。

「おっと、時間ピッタリ！」

さらに海里がアラームを止めた次の瞬間。

コンコン！

今度はノックの音がして、守沢が顔を覗《のぞ》かせた。

「ちょっと失礼しま……あっ、なんていいお客さんなんや！　ほんまに箸《はし》をつけんと待ってってくれはって、嬉《うれ》しいですわ。三十分経ちましたんで、一応、お知らせに来ました。よう煮えてますから、もう美味《おい》しく召し上がれますよ」

鍋《なべ》の中身の具合を確かめて満足げに頷いた彼は、座卓の上に飲み物すら出ていないことに気づき、酷《ひど》く面食らった顔つきになった。

「あれっ？　いや、なんぼ三十分待ちでも、飲み物は飲んでもろてよかったんですけど……あと突き出しも。何やったら野菜は早《は》よから食べてもろてもよかったんですよ。あれあれ、すんません、僕、全部にマテをかけてしもたですかね」

「あ、いや！　そうじゃないです。ちょっと話が弾んじゃって」

海里は慌てて、あたりさわりのない弁解をする。

舞台を降りると途端に嘘がつけなくなる変なところで不器用な二人だが、今の場合、内容はともかく「話が弾んだ」ことだけは本当なので、李英も「そうなんです！」と屈託のない笑顔で頷く。

守沢は、「ああよかった」と、大袈裟《おおげさ》なほど胸を撫《な》で下ろしてみせた。

「それやったら安心です。じゃあ、楽しくお食事を始めてください。あ、お部屋の冷蔵庫からビールでも出してきましょか」

そう言って冷蔵庫のある洗面所のほうへ行こうとした守沢を、海里は素早く制止した。

「いえ、今日は酒は飲まないんで」

「あれ、そうなんですか？　お二人とも？」

「こいつは病み上がり、俺はさっき温泉で湯あたりしちゃったんです」

海里がまだうっすら赤い頰を指さしてそう言うと、守沢は納得顔になった。

「ああ、有馬温泉は効能が強いですからねえ。欲張って浸《つ》かりすぎると、身体の中に熱が籠《こ》もりすぎるんでしょうね」

「そう、それです！　なんで、今夜は二人ともソフトドリンクでいいんです」

「ほな、冷たいお茶でもご用意しましょ」

守沢はすぐに冷えた烏龍茶《ウーロンちゃ》と氷を用意してくれた。再び二人きりになった海里と李英は、さっそく乾杯して、互いに晴れ晴れした気持ちでぼたん鍋に箸をつけた。

「あ、マジで三十分も炊いたのに、全然硬くなってないし、バサバサにもなってねえ」

「柔らかくて、ジューシーで、脂身も覚悟してたよりずっとさっぱりしてますね」

「それに、肉の脂が味噌《みそ》にとけて、野菜が滅法旨《うま》いな」

「同感です。僕、ぼたん鍋は初めてなんですけど、こんなに美味しいなんて」

「俺も初めて。湯あたりしたあとで食えるかなって思ったけど、全然いけるな」

こっくりした味噌と、鍋に入れる前の猪肉《ししにく》に振りかけてあった山椒《さんしょう》の相乗効果もあるのだろうが、猪肉は野趣というより、むしろ洗練された、雅《みやび》な味わいすらする。

薄切りというにはやや厚みのあるスライスなので食べ応《ごた》えもあって、二人はしばらく、夢中になって、はふはふと肉と野菜を頬張った。

途中からは、すき焼きのように生卵につけて食べるパターンも試し、肉を一皿おかわりし、しめに餅《もち》とうどんまで食べて、充実した食事が終わる頃には、ふたりとも満腹以上の状態になっていた。

「鍋は限界まで食うてしまうでしょ。けど野菜が多いから、すぐにこなれますよ」

片付けに来た守沢は、笑いながらそう言いつつ、座っていることすら苦しくて、座布団を枕に畳の上に転がってしまった二人の姿を嬉しそうに見た。

「ご機嫌直りましたか」

「えっ？」

守沢のさりげない一言に、だらしなく転がっていた二人は、ビックリして座布団から頭を上げる。

食器を下げたあとの座卓を丁寧に拭《ふ》きながら、守沢はさりげなく告げた。

「いや、これはナイショにしてほしいんですけど、夏神さんから聞いてたんです。ちょっとこじれた二人が行くから、変な雰囲気かもしれんけどそっとしといたってくれ。万が一、どつき合いになったら、やんわり分けたってくれって」

むっくり起き上がった海里は、思わず頭を掻《か》いた。

「夏神さん、相変わらずそういうとこ、ケアが細かいなあ。すいません、もしかして、心配おかけしました？」

守沢は、温厚そうな顔に笑みを浮かべ、かぶりを振った。

「いやいや。まあ、取っ組み合いになったら、ドスンバタン音がするやろと思って、下で聞き耳は立ててましたけどね。そやけど、話が弾んだっちゅうことは、仲直りできたわけでしょ？」

こちらも座り直した李英と海里は、視線を交わしてから、守沢を見てそれぞれ頷《うなず》く。

守沢はもう綺麗《きれい》になったはずの座卓をなおも拭きながら、うんうんと頷いた。

「よかった。よかったですねえ。話せるんは、ええことですよ。話し合えるっちゅうんは、それだけで幸せなことですわ」

「……っていうと？」

守沢の口ぶりに、何か奇妙なものを感じて、李英は躊躇いがちに問いかける。

すると守沢は、ようやく布巾《ふきん》から手を離して、座卓の脇にきちんと座した。

「いきなりこんな話してアレなんですけど、一昨年《おととし》死んだ僕の家内ね、くも膜下出血やったんですよ。何の前触れもなく、買い出しの途中、お店で倒れてね。報《しら》せを受けて、僕が病院に駆けつけたときはもう手術室に入ってました。結局、そっから意識が一度も戻らんまま、死んでしもたんです」

「それは……あの、お気の毒です」

こういう話を他人に聞かされたとき、どういう言葉を返せばいいのか、若い海里と李英には見当もつかない。

絞り出すように海里が口にした言葉に、守沢は照れ笑いのような表情を浮かべ、「すいません」と詫《わ》びた。

「気ぃ遣わせるつもりやなかったんです。けどねえ、なんも言われへんかった。家内も僕も。ありがとうもさようならも、なんも言われへんまま、家内は骨になりました。それどころか、家内が倒れた日の朝、目ぇ覚めてからあいつが買い出しに出掛ける前まで、どんな会話をしたかも思い出されへんのですよ」

守沢は力なく首を振り、海里と李英を優しい目で見た。

「そんな風に、呆気《あっけ》なく別れてしまう夫婦もおるんです。話したい相手とは、話したいと思うたときに話せることが、何よりの幸せですわ。ちょろっと、そんな話を心に留めといて貰《もろ》えたら、うちの宿に泊まってもろた値打ちがあるかもしれへんなあて」

守沢はそんな言葉で話を締め括《くく》って、食器を満載したトレイを持ち、部屋を出ていく。

海里と李英は言葉を発さず、ただ、深々としたお辞儀に感謝の気持ちを精いっぱい込めて、そんな守沢を見送った……。


翌朝、宿で朝食を済ませたあと、海里は李英と連れ立って、改めて「金の湯」へと向かった。

昨夜は夕食後、二人とも温泉には行かなかった。

李英は満腹過ぎて、海里は湯あたりしたせいで、二度目のチャレンジを試みる勇気がなかったのである。

李英は心臓の手術後なので、もとより長湯はできない。

海里も、今度こそ失敗したくないということで、「サッと入ろう」と言い合っての入浴だった。

営業開始時刻の午前八時に行けば空《す》いているかと思いきや、日曜日ということもあって、温泉はなかなかの混雑ぶりだった。

それもあり、言葉どおり短時間で入浴を切り上げた二人は、宿に戻り、チェックアウト時刻まで部屋でくつろぐことにした。

「はー。こういうとき、ふかふかベッド最高」

そういってアザラシのようにベッドに長々と寝そべる海里を、こちらは上半身をヘッドボードにもたせかけ、両脚を投げ出した李英は、にこにこして見やった。二人とも、まだ宿の浴衣《ゆかた》姿である。

「なんだか、懐かしいですね。二人きりでこんな風にゴロゴロするの」

海里も笑って同意する。

「うちの店にいたときは、ロイドと三人部屋みたいなもんだったからな」

「はい。それはそれで、とても楽しかったですけど。宿を出たら、マスターとロイドさんにお土産を買いましょうね。あ、それから……よかったら、倉持先生にも。僕が言うのは出すぎた真似ですけど」

「遠慮すんなって。全然出すぎてないし。二人からってことで、何か買おう。何がいいかな。やっぱ、ベタに炭酸煎餅《せんべい》？」

海里がそう言うと、李英は真面目な彼らしく、スマートフォンを操作して、画面を海里に示した。

「一応、調べてみたんです。炭酸煎餅はメジャーなお土産ですけど、種類が色々あるみたいですよ。ここが中でも人気のお店のサイトです」

「うわ、ホントだ。ゴーフルみたいに、クリームを挟んであったりするんだな」

「そうそう。あと、プレーンなものでも、手焼き炭酸煎餅っていうのもあるみたいで」

「手焼きかあ。なんか響きがいいな、それ。でも……お高いんでしょう?」

まるで深夜のテレビショッピングに出演するタレントのような大袈裟な口調で訊《たず》ねる海里に、李英はクスクス笑ってオンラインショップを検索した。

「それが奥様! って言えたらよかったんですけど、手焼きは、機械焼きに比べたら高いですね」

「くう、やっぱそうか」

「でも、買えないほど高いわけじゃないので、候補には入れましょうか。あと、お饅《まん》頭《じゅう》とか、サイダーとか……」

「食い物以外は?」

「そうですねえ。竹細工に、あ、僕、ちょっと気になってるのは、筆です」

「筆ぇ?」

「ほら、これ。有馬人形筆」

李英は新しいサイトを開いて、海里にスマートフォンを再び示す。

画面には、筆の軸の先から、小さな人形がピョコンと飛び出している写真があった。

軸自体にも、美しい色糸を巻いて、繊細な模様が施されている。

ただの文房具ではなく、立派な工芸品の風体だ。

「何で、筆から人形が出てんだろ」

「昔は、子宝授与の縁起物だったみたいですね。まあでも、今はそんなこと気にしなくても、たぶん可愛いってだけで買っていいと思うんですけど」

「あー、なるほど。このぴょこーんと出たちっこい人形は、赤ん坊モチーフなのか」

「たぶん。これ、倉持先生に一本どうかなって。書道をなさるかどうかはわかんないですけど、持ってるだけでも綺麗なものだし」

李英はそう言ったが、海里はうーんと唸《うな》って、「微妙に賛成できねえな」と言った。

「えっ、どうしてですか？　やっぱり筆は使わないかなあ」

「いや、そうじゃなくて。その、倉持さんご夫婦、三年前にひとり息子さんを亡くしてるんだ。だからちょっと、赤ん坊モチーフはセンシティブ案件かなと思う。俺の勝手な考えだけど」

それを聞いて、李英はハッとして、すぐにサイトを閉じてしまった。

「先輩に打診してよかった……！　僕、何も知らずに、倉持先生を傷つけちゃったかもしれない。ありがとうございます、先輩。……あ、これは心からの感謝の言葉です」

「わかってるって」

昨夜の話を引きずる李英に、海里は苦笑しつつ、ゆっくりと起き上がった。

「倉持さんなら、屈託なく笑って受け取りそうな気もするんだけどさ。でもまあ、一応用心しよう。むしろ俺、この筆、いつか奈津《なつ》さんにあげたいな」

李英は、意外そうに目を瞬《しばた》いた。

「奈津さんて、義理のお姉さんでしたよね」

「うん、色々あって、兄貴と奈津さん、特別養子縁組を考えてるんだ。だからいつか晴れて子供を迎えられたとき、記念にあげたいなって思ってさ」

聡《さと》い李英は、「特別養子縁組」という言葉から、海里の兄夫婦が実子をもうけることが難しいことを察したのだろう。敢《あ》えて深追いせず、あっさり賛成した。

「なるほど、それはいいかもですね」

「だろ。子宝授与の縁起物なら、今渡してもいいのかもだけど、変なプレッシャーになるといけないからさ。お祝いグッズとして、候補に入れとこう。他には？」

「そうですねえ。あんこ入りの甘塩《あまじょ》っぱい焼き餅《もち》なんてのもあるようです」

「色々あるな。けどやっぱ、炭酸煎餅かな〜」

「ですねえ」

ふたりが相談していると、海里のスマートフォンが着信音を奏ではじめた。

「お、電話。このまま出てもいいか？」

「どうぞ」

海里はうつ伏せに寝そべったまま、腕を伸ばしてサイドテーブルに置いてあった自分のスマートフォンを取った。

だが、液晶を見るなり、海里は「ん？」と形のいい眉《まゆ》をひそめた。

「知らない人からだ。……ま、出るだけ出るか」

液晶画面に表示されているのは、海里には覚えのない携帯電話の番号である。

少し迷ったが、セールス電話の類《たぐい》ならすぐに通話を切って着信拒否にしようと思いつつ、海里は通話アイコンをタップし、スマートフォンを耳に当てた。

「もしもし？」

『あー、五十嵐海里さんのスマホで合《お》うてますかね？』

海里が探るような調子で声を発すると、どこか聞き覚えのある、人懐っこそうな男性の声がスピーカーから聞こえた。

（え、誰だっけ、この声。俺、知ってるな。ええと……）

「えっと、そうですけど」

戸惑いながら海里がいらえを返すと、声の主はホッとした様子で大きく息を吐いた。

『はー、よかった。いきなり電話して申し訳ない、繁春《しげはる》です』

「あー！」

海里は思わず大きな声を上げてしまった。不思議そうに見てくる李英に「大丈夫」と片手を上げて伝え、海里は慌てて起き上がった。

電話の相手は、倉持悠子の夫、繁春である。

造園会社を経営し、みずからも現役の作庭家である繁春は、よく自宅の広い庭の手入れをしており、レッスンに訪れる海里とも顔を合わせる機会が多い。

気さくな性格で、いつも親しく接してくれる繁春に、海里は大いに好感を持っている。

「おはようございます、繁春さん。あの、どうしてまた？」

会えば世間話で盛り上がる仲ではあるが、繁春がわざわざ海里に電話をかけてきたのは初めてのことだ。

驚いて問いかけた海里に、電話の向こうの繁春は、すまなそうな口調でこう言った。

『日曜の朝早《はよ》うから悪いね。そやけど、お知らせはなるたけ早いほうがええと思うて。明日《あした》、朗読のレッスンが入っとったでしょう。あれ、キャンセルにしてほしいんやわ』

「えっ」

海里はギクリとした。

朗読レッスン自体、曜日と時間をきっちり決めているわけではなく、悠子が時間を取れるとき、都度設定することになっている。彼女に急用が入ってキャンセルになることも、そう珍しくはない。

ゆえに、海里はキャンセルに驚いたわけではなく、その連絡を悠子自身ではなく、繁春が寄越《よこ》してきたことにショックを受けたのである。

「あ、あ……あの」

『さすがに前日は申し訳ないことなんやけども』

「いえ、それは大丈夫です！　っていうか、その、もしかして、倉持さん、俺に直接連絡するのが嫌とか……その、俺にゲッソリしたとか、もうレッスンやりたくないとか」

先日、朗読イベントでくだらないことを口走り、悠子に辛辣《しんらつ》に叱責《しっせき》された海里である。どうしても悪い想像が広がってしまった彼の動揺を、繁春は敏感に察知したようだった。

『あっそうやない、そんなことやないよ』

慌てた様子の早口でフォローを入れて、繁春はこう続けた。

『悠子さんがね、ちょっと今、喋《しゃべ》るんがしんどいんよ。それで僕が代わりにかけとるだけ。五十嵐君には何の問題もあれへんよ』

「えっ？　倉持さんに、何かあったんですか？」

『うん、実は久しぶりに、大きめの喘息《ぜんそく》発作が出てしもてね。ちょっとしばらく、声を出す仕事はお休みすることになった』

「喘息？　倉持さん、喘息持ちだったんですか！」

海里は驚きの声を上げた。隣のベッドに座っている李英も、喘息と聞いて驚いた顔をする。

『うん、若い頃からね。俳優の仕事の第一線から退いたんも、ここに越してきたんも、それが一因なんよ。ここは空気が綺麗《きれい》やからね』

「俺、そんなこと全然知らなかったです」

海里が驚いたままの声でそう言うと、繁春は小さく笑った。

『悠子さんはああ見えて意地っ張りやし、自分のハンディを他人に大声で教えるような真似はせえへんよ。薬で症状を抑えて、色々と体調改善に励んで、ずいぶん安定してたんやけど、息子が死んだときに、いっぺん滅茶苦茶《めちゃくちゃ》悪化してね』

ああ、と海里の喉《のど》から声にならない声が漏れる。

『最近は気持ちを持ち直したせいか、喘息も大人しくしとったんやけど、久しぶりにやってしもて。本人も可哀想に、ちょっと凹《へこ》んでるわ』

「大丈夫なんですか？」

『うん、発作が出た夜は大事を取って入院したんやけどね、幸い、すぐに状態が安定したから、今は家で安静にしてる。まあ、十分に休養して、体調が落ち着くのを待つしかあれへんね』

「……そうですか。あの」

海里は一瞬躊躇《ためら》ったが、思いきって繁春に訊《たず》ねてみた。

「俺、ちょっとだけお見舞いとか行ってもいいですか？　せめてこう、お見舞いの品を繁春さんにお渡しするだけでも」

繁春は少し迷う様子で沈黙したが、やがてこう答えた。

『来て貰《もら》うのはええよ。けど、悠子さんに会えるかどうかは体調次第っちゅうことでええやろか。女優さんやからね。いくら身内言うても、見せとうない顔のときもあるやろし』

「あ、なるほど。わかりました。じゃあ、差し入れを持って……明日とか、伺ってもいいですか？　レッスンの代わりに、お見舞いを渡してシャッと帰ります」

『ええよええよ。あっ、それやったら、リクエストしてもええやろか』

「お見舞いの品ですか？　勿論《もちろん》。炭酸煎餅《せんべい》でも何でも！」

『いや、炭酸煎餅は、自分で買えるから別に要らんわ』

さっきの李英と海里の会話をぶち壊しにするコメントを軽やかに放った繁春は、こう言った。

『五十嵐君、定食屋に勤めてるやろ？　そやったら、何ぞ栄養のつきそうな食事を差し入れしてくれへんやろか。僕は料理はイマイチでね。作れんことはないけど、レパートリーが悲惨なくらい少ないから』

「あああ……なるほど」

『まあそれでも悠子さんは美味《おい》しい言うて食べてくれるけど、やっぱし我慢してくれてるんやろなって。こう、弁当かなんかをお願いできたらありがたいわ。厚かましいけど』

厚かましいどころか、ハッキリした要望を言われたほうが、お見舞いの品を用意する者にはむしろ幸いである。海里は、むしろ嬉《うれ》しい気持ちで返事をした。

「わかりました！　じゃあ、お弁当を二人分作って持っていきます」

『ありがとう。あっ、それと……』

「はい？」

『ああ……いや、そろそろ克服せんと』

「何ですか？」

『いや、ええわ。何でもあれへん。明日、楽しみにしとります。昼過ぎのつもりでおったらええかな？』

「そうですね。一時くらいですかね」

『わかった。悠子さんにも伝えとく。ほな、お邪魔しました』

繁春は「ホンマに楽しみや」と最後に付け加えて、通話を切った。

海里はスマートフォンをサイドテーブルに置き、李英に状況を掻《か》い摘まんで説明した。

心優しい李英は、たちまち心配顔になる。

「喘息が……。役者で喘息持ちってのは、さぞつらかったでしょうね」

「だな。発作がいつ起こるかわかんないなんて、いつもヒヤヒヤしながら仕事しなきゃいけないもんな」

「ええ。特に、会場によっては、舞台袖《そで》が埃《ほこり》っぽいところもありますからね。倉持先生、早く病状が落ちつかれるといいですけど」

「ホントにな。……けど、弁当、弁当かあ。帰ったら、夏神さんに相談に乗ってもらって、献立を決めよう」

早くもブツクサと呟《つぶや》きながら思いを巡らせ始めた海里を、李英は微笑ましそうに見た。

「先輩、もう料理人の顔ですね」

「……そっか？」

「はい。『ディッシー！』って言ってた頃の百倍、本気の料理人の顔です」

「そこは千倍って言ってほしかったし、中途半端に上手《うま》い物真似はやめろっつの」

不服そうな海里に、李英はクスクス笑う。

「あんまり似せたら怒られるかなと思ったんですよ。もっと本気で似せられます。『ディッシー！』……ね？」

かつて朝の情報番組の料理コーナーにおける海里の決め台詞《ぜりふ》を、今度は正確な決めポーズと一緒に披露した李英に、海里は頬を赤らめて頭を抱えた。

「マジで似てる！」

「当時は毎朝テレビを見て、研究してましたからね」

「すんなよ、そんなこと。ったく。ここしばらくでいちばん照れたわ」

「ふふ。いいじゃないですか。ああでも、炭酸煎餅は要らないって言われちゃったんですね。明日《あした》、先輩がお弁当をお届けするときに添える有馬温泉のお土産、何にしましょうか」

「あっ、そうか。何にしよう。炭酸煎餅以外……饅頭《まんじゅう》かな？」

「そうですねえ……」

再び悩みかけた二人だが、李英がハッとして海里に声をかけた。

「それより先輩、もうすぐ十時です！　チェックアウトの時間が」

「あ、やべっ。まだ、宿の宿泊感想アンケート書いてねえし」

海里も慌ててベッドを飛び降り、浴衣《ゆかた》を脱ぎ捨てて着替えを始める。

窓からいっぱいに陽光が入る室内で、堂々とボクサーショーツ一枚になった先輩の姿を半ば呆《あき》れ顔で見ながら、李英は「炭酸煎餅、僕はいいと思うんだけどなあ……」と力なく呟いた。

「お？　まだ起きとったんか」

その夜、日付が変わってしばらく経った頃、階下の物音を聞きつけて茶の間から下りてきた夏神は、厨房《ちゅうぼう》の中に海里とロイドの姿を見つけて、やれやれという顔つきになった。

部屋着の上からエプロンをつけた二人は、調理台の上に、あらん限りの弁当箱を並べていた。ざっと見て、十個以上はある。

寝間着代わりのスエットの上下でのしのしと厨房に入ってきた夏神は、

「倉持先生と旦那《だんな》さんで二人分やろ。ほな、大きさ的にはこれ一択違《ちゃ》うんか？」

と、大きめの一段重を指さした。もとは、頂き物の和菓子の詰め合わせが入っていた容器である。

だが海里もロイドも、それには大いに不満げな顔つきをする。夏神は、二対一で何となく気圧《けお》され、「あかんのか？」と幾分弱々しく訊ねた。

海里は、夏神が指した四角いプラスチックの重箱を眺め、「大きさはいいんだけどさあ。安っぽいよね」と不平を言った。

ロイドも脇から「やはり、もう少し上質な、倉持様の優美なイメージに合うお弁当箱をと」と言葉を付け加える。

夏神は太い眉《まゆ》を八の字にして、「ほな、これしかないやろ」と、曲げわっぱの弁当箱を指した。楕円《だえん》形の温かみのある形と美しい木肌が印象的な品だ。

「やっぱそれかあ。ちょっと小さいかなって思ったんだけど」

「ドカ飯よりは、旨《うま》いもんを適量のほうがええん違うか？　大人の女性やし……とか言うと、最近は怒られるんか」

「そうそう。小食も大食いも、性別とか年齢は関係ないない！　でも、倉持さんは自分に厳しい役者さんだから、確かにあんまり大食いはしないかも」

「そやろ」

海里の言葉に我が意を得たりと頷《うなず》き、夏神はもう一つ、アルミ製のクラシックな弁当箱を取って、曲げわっぱの弁当箱と並べて置いた。

「旦那さんは、こっちのアルミのんでどや？」

海里とロイドは、思わず顔を見合わせる。正直な感想を口にしたのは、海里のほうだ。

「めっちゃ昭和って感じですけど？」

「曲げわっぱかてそうやろ！　ちゅうか実際、アルミの弁当箱は、昭和生まれには懐かしいもん違うか？　俺の師匠も、昔はよう、梅干しの酸で弁当箱の蓋《ふた》に穴が空きよったっちゅう話をしてはった」

「へええ」

夏神の話に感心した海里は、「じゃ、俺の師匠のアドバイスを受けて、曲げわっぱが倉持さんで、アルミのちょいと大きめのほうが繁春さんってことにしようか」

ロイドも、その選択には納得した様子で、「では、他のお弁当箱を片付けましょう。お任せを」と、元の戸棚に選ばれなかった弁当箱をしまい込み始める。

夏神は、コンロの上に置かれた片手鍋《なべ》を覗《のぞ》き込んだ。

鍋の中では、綺麗《きれい》に皮を剝《む》かれた小振りの里芋が、皮を除いて小さく切った鶏《とり》もも肉と一緒に、淡い色の出汁《だし》の中でコトコトと煮えている。

「おっ、もう何詰めるか決まったんか?」

夏神に問われ、海里は自信なげに首を傾げた。

「一応、さっき夏神さんに貰《もら》ったアドバイスに従って、考え中。煮物は味が染みる時間が必要だから、今、決めて作り始めたとこ。詰めるときに、青柚子《ゆず》を振るつもり」

戸棚の前から上半身を軽く捻《ひね》って二人のほうを向き、ロイドが夏神の言葉を繰り返す。

「海のもん、山のもん、さっぱりした口直しになるもん、青菜、滋養のつくもん、ひと工夫したごはん……でございますね?」

海里は頷き、鍋を指さした。

「鶏と里芋で、『山のもん』。海のもんは、焼き魚がスタンダードだと思うけど、体調悪いとき、魚の骨とかチマチマ外したくないじゃん? だから、ちくわかかまぼこで何か作ろうかなって思ってる」

夏神は満足げに、週末なので無精ひげを生やしたままの顎《あご》を撫《な》でた。

「別に贅沢《ぜいたく》なもんを詰めんとあかんわけやないから、ええと思うで。ちくわやったら、磯辺揚げ……」

「は、体調考えてやめよっかなって。揚げ物を避けたいんだ」

「ほな、ちくわの照焼はどや？　魚よりは控えめの味付けで、仕上げに胡麻《ごま》をパパッと振って。隠し味程度に柚子胡椒《こしょう》でも使《つこ》うて」

さすが定食屋の主《あるじ》というべきか、夏神は海里の要望に添ったメニューを提案する。ありがたそうにそれをメモした海里は、ハッとして夏神を見た。

「それ、もらった！　あっ、そうだ。夏神さん、もうひとつ相談に乗ってよ」

「何や？」

「卵焼きはマストだと思うんだけど、甘いのしょっぱいの、どっちがいいかな。今回は汁が出ないように、だし巻きじゃない、普通の卵焼きにしようと思うんだけど」

その問いには、さすがの夏神も即答できず、しばらく考えてから、ボソリと言った。

「いや、それは好き好きやろ。好みを訊《き》くわけには……」

「繁春さん経由で訊けるとは思うけど、それじゃ卵焼き確定ってバレて、楽しみがちょっと減るじゃん？」

海里のこだわりぶりに、夏神は太い腕を組んで考える。

「それもそうか。ほな、砂糖と醤油《しょうゆ》、両方控えめに入れて、薄めの甘じょっぱい感じにしたらどや？」

「やっぱりそんな日和った感じになる？」

「ええやないか。日和上等や」

「上等かなあ……。いやでも、今回は甘じょっぱいで様子を見て、感想を貰って次に改善すればいいか！　とにかく、色んな味のものを入れて、味が濃くなりすぎないように気をつけよう。あとは……ああ、可愛い生麩《なまふ》でも買ってこようかな、朝イチで」

病身の師匠のために、あれこれと思いを巡らせる海里のすっかり元気を取り戻した姿に、夏神は目を細めながら、静かに二階へと戻っていった……。

四章　苦い卵焼き

倉持邸の門前に立って、海里はいつものようにインターホンのボタンを押そうとした手を止め、いったん下ろした。

小さなボタンを押すために、手袋が邪魔……というわけではない。ただ、心の準備ができていないと感じたからだ。

朗読のレッスンを受けるため、頻繁に訪れている場所にもかかわらず、今日は目的が違うと思っただけで、何故か胸が無闇にどきどきしてしまう。

（お見舞いに来るのは初めてだもんな）

そんな海里の気持ちを宥《なだ》めるように、ミリタリーコートの内側、ネルシャツの胸ポケットの中から、ロイドの穏やかな声が聞こえる。

『海里様、そのように緊張なさっては困ります。鼓動がいささか速すぎるのではありませんか？　ちょうど海里様の心臓の上あたりにおりますわたしは、先刻からどこどこ突き上げられて眩暈《めまい》が致しますよ』

そのユーモラスな「苦情」は、海里の強張《こわば》りかけていた頰をほどよく緩めてくれる。

「しょうがないだろ。俺、昔から変化に弱いんだよ。舞台役者をやってた頃も、リハの段階で演出変更が入ったりするともうドキドキしちゃって困ったもん」

『おやおや。俳優も料理人も、臨機応変が求められることが多い職業なのでは？』

「へいへい。返す言葉もございません。っつか、そういう性格なんだから、どうしようもないだろ」

膨れっ面で言い返しつつも、海里はロイドを伴ってよかったと内心思っていた。

週末、海里は李英と二人だけで有馬温泉へ出かけていたし、夏神もあれこれと用事があって留守がちだったようだ。

そんなわけで、ロイドはもっぱら、海里に借りたタブレットで電子書籍版のマンガをあれこれと読破していたらしく、「たいへん有意義な週末でございました」と満足げに語ってはいた。

とはいえ、人一倍、いや、眼鏡のくせに並の人間以上に好奇心旺盛《おうせい》なロイドのことである。本心では、有馬温泉へ共に行きたくて仕方がないのに、海里と李英にふたりきりで語る時間をたっぷり持たせるため、グッとこらえていたに違いない。

そんなわけで、せめてちょっとした気分転換をと海里のほうでも気を遣い、これまでレッスンには伴うことのなかったロイドを「連れて」の倉持邸訪問と相成ったわけだ。

『さ、そろそろお約束の時間では？　深呼吸をひとつなさって、穏やかなお気持ちでお見舞いを』

「ん。まあ、倉持さんはたぶん、会ってくれないと思うよ。綺麗《きれい》にしてるときしか見せない！　って女優さんも多いし」

『なるほど。ですが、倉持様のご夫君にはお目にかかるのですから、大切なのは笑顔でございますよ。海里様の笑顔は、見る者を元気にしますからね』

「……サンキュ。まあ、俺も元役者だしな」

『元がつくのは芸能人のほうでございましょう。お芝居を諦《あきら》めない限り、海里様は今も「役者」でいらっしゃいます』

ロイドは眼鏡の姿のときも、穏和な口調で、言うべきことははっきりと言う。ただ、その声が海里にしか聞こえないだけだ。

「ありがとな」

海里はコートの上からロイドのいる胸の左側にごく軽く触れると、その手で今度こそ、インターホンのボタンを押した。

いかにも旧式のインターホンは、ピーンポーン……と間の抜けた音を出す。おそらく、同じ音が邸内にも響いているはずだ。

海里がしばらく待っていると、玄関扉が開き、倉持悠子の夫、繁春が姿を見せた。

今日は雪がちらつく寒さなので、さすがに庭仕事はしていなかったのだろう。

ワイシャツの上に英国のカントリージェントルマンを思わせる肘当《ひじあ》てつきのセーターを着込んだ、カジュアルではあるが品の良い装いをした繁春は、笑顔で門扉を開けてくれた。

「どうもどうも、いらっしゃい。レッスンが休みなのにわざわざ来てくれてありがとうね」

「あ、いえ。こ、こんにちは！　こちらこそ、連絡をありがとうございました」

いつもはすっかり気さくに語り合える繁春にも、今日の海里はいささかしゃちほこばった挨拶《あいさつ》をした。それから、ずっと大事に提げてきた紙袋を繁春に差し出す。

「これ、お約束の弁当です。あっその、違う、その前に、倉持さんの具合どうですか？　よろしく伝えて……」

アワアワする海里を面白そうに見ながら、繁春はさらに大きく門扉を開け放った。

「まあ、入りいな。えらい寒いし、ここで立ち話する必要もあらへんし」

「あっ、す、すみません」

いくら繁春がセーターを着ているといっても、今日の気温はおそらく摂氏十度そこそこのはずだ。悠子の看病をする、おそらく唯一の人物である繁春に風邪を引かせては大変と、海里は繁春に誘われるまま、玄関に足を踏み入れた。

「あっ、じゃあ、その、俺はここで」

海里は再び弁当箱が入った紙袋を繁春に渡そうとしたが、サンダルを脱いでさっさと家に上がった繁春は、むしろ不思議そうな顔で振り返った。

「えっ？　忙しいん？　いや、若人が平日の午後に忙しいんは当たり前やけど」

「いえ、そういうわけでは」

「ほな、上がっていき。悠子さんも、五十嵐君が来るんを楽しみに待っとるんよ」

「マジですか！」

海里は驚いて上擦った声を上げてしまった。繁春は、ますます不思議そうに小さな目をパチクリさせる。

「マジですかて、弟子が見舞いに来てくれて、喜ばん師匠がおるかいな」

ごく自然に「弟子」という言葉を使われて、海里は胸がぽっと温かくなるのを感じた。

悠子自身は、「シェ・ストラトス」の朗読イベントでの海里の立場を「アシスタント」や「助手」と表現する。しかし、彼女の夫である繁春が、海里を「弟子」と呼んでくれるのなら、夫婦の会話の中で、海里はそういう立ち位置で語られているのだろう。

（へへ、弟子か。なんかいい響き）

たった一言で嬉《うれ》しくなってしまう自分のお手軽さに呆《あき》れつつも、海里は「じゃ、お言葉に甘えて少しだけ」と、紙袋を上がり框《がまち》に置き、慌てて手袋を外し、コートを脱いだ。

「さ、どうぞどうぞ」

繁春は広いエントランスを抜け、海里をリビングルームに案内する。

いつもはレッスン室に直行するので、海里が倉持夫妻の生活スペースに足を踏み入れるのは久しぶりのことだ。無論、ロイドは初めてである。

『豪邸ですが、調度品がどれもシンプルで上品で、色合いと素材に統一感を持たせてあ

ります ね。素晴らしい。これが本物のセレブの審美眼というものでございましょうか』感に堪えないといった様子で倉持邸の第一印象を語るロイドに、「すげえよな」と誰にも聞こえない囁《ささや》き声で短く返し、海里は部屋の入り口で広い室内を見回した。

悠子は、夫が丹精した広い庭を見渡せる、白い革張りのソファーにゆったり腰を下ろしていた。

「いらっしゃい」

海里の姿を認めると、悠子はゆっくりと立ち上がった。

声量こそ控えめだが、掠《かす》れても震えてもいない、いつもの彼女の声だ。

装いも寝間着などではなく、楽そうなロングワンピース姿であることにひとまずはホッとして、海里は彼女に歩み寄った。

「お邪魔します。座っててください。っていうか、寝てなくて大丈夫ですか?」

「大丈夫だから、こうしているのよ」

やはり小さめの声で、それでも快活にそう言って、悠子は自分の隣の座面を手のひらで軽く叩《たた》いた。そこに座れという意思表示である。

海里はソファーの端っこに丸めたコートを置くと、弁当の紙袋は大切に抱えたまま、悠子の隣に、少し距離を空けて座った。

「でも、入院するほどの喘息《ぜんそく》発作だったんでしょ? マジで大丈夫ですか?」

重ねて問いかけつつ、海里は悠子の顔をようやくまともに見た。

病身の役者の顔をジロジロ見るのは不躾《ぶしつけ》だという自制心は依然として働いているが、さすがにすぐ目の前にいる話し相手の顔を見ないわけにはいかない。

悠子はいつものようにごく薄い化粧をして、肩下までの髪も綺麗に整えている。

少しだけ痩《や》せたかもしれないが、体調がとても悪いという感じではないので、海里はひとまず胸を撫《な》で下ろした。

しかし、海里の問いに答えようとするなり、悠子は咳《せ》き込み始めた。

「うわっ——

海里は弾《はじ》かれたように立ち上がり、おそらくはキッチンへ行っていた繁春が、グラスを持って飛んでくる。

「ああ、五十嵐君、大丈夫やから。座って座って。はい、悠子さん。ぬるま湯」

視線で夫に謝意を伝え、グラスを受け取った悠子は、白湯《さゆ》を一口、二口とゆっくり飲み、ふうっと息を吐いた。どうやら、咳《せき》は治まったらしい。

繁春に促されたものの、気が気でなくてソファーの縁に落ちそうなくらいギリギリに座っている海里を見て、悠子はすまなそうに笑った。

「ごめんなさい。大丈夫だから、ちゃんと座って」

「でも」

「こんなことを言うと余計に気にするかもしれないけど、正直に言うわね。あなたがまとってきた、とっても冷えた空気を不用意に吸い込んでしまったものだから」

「すすすみません！」

マンガのように素早く、海里はソファーに座ったままザザッと滑って悠子と距離を空ける。悠子は面白そうに口元に手を当てて笑った。

「もう大丈夫よ。近くに来て。そのほうが、小さな声で楽に喋《しゃべ》れるから」

「ホントに大丈夫ですか？」

「ええ」

悠子が笑顔で頷《うなず》いたので、海里はホッとしてさっき腰を下ろした場所に座り直した。

「すみません。そんなことで咳の発作が出ちゃうなんて、思ってもいなくて」

「喘息持ちじゃなければ、わからなくて当然よ。今、気道が弱くなっているから、ちょっとした刺激が咳の原因になってしまうの」

「冷たい空気以外に、何があるんですか？」

それには、悠子から空になったグラスを受け取って、まだ彼女の前に立ったままの繁春が代わりに答える。

「煙やら香水やら、埃《ほこり》やら……いちばん酷《ひど》いときは、お風呂《ふろ》の湯気で咳が出とったねえ」

「そうそう。喘息がいったん出ると、本当に何でも刺激になっちゃうのよねえ。だから余計に、気にしないで」

「な、なるほど。俺、喘息って、めちゃくちゃ咳が出る以外、あんまり知らなくて。だから、呑気《のんき》に『元気そうでよかった』とか思っちゃってました。今も大変なんですよね。

すみません、そんなときに上がり込んじゃって」

海里がしょんぼりして謝ると、悠子は慌ててフォローを入れた。

「何を言ってるの。来てくれて本当に嬉しいわ。レッスンをドタキャンしたこと、私こそ謝らなくてはならないのに、お弁当まで作ってきてくださったんですって？」

海里は膝《ひざ》に抱えたままの紙袋を悠子に差し出そうとして、ハッと動きを止める。「何でも刺激になる」と聞いたばかりなので、荷物を近づけることすら躊躇《ためら》われたのだ。

その逡巡《しゅんじゅん》を察して、繁春は自分がすっと手を出した。

「ちょうどテーブルをセッティングしようと思うてるとこやから、僕が貰おか」

「あ、じゃあ、お願いします」

海里は胸を撫で下ろす思いで、繁春にずっしり重い紙袋を差し出した。

「お？　えらい重いな。弁当だけと違《ちゃ》うやん」

「夏神さんが……俺が働いてる『ばんめし屋』のマスターが、俺がお世話になってるからって、駅前の『アローツリー』で、『あまおうタルト』を買ってきたんです。『咳にはビタミンCがええから、イチゴてんこ盛りは効くやろ』って。たぶん、それ、咳は咳でも風邪のことだと思うんですけど……」

「あら、イチゴは大好物だもの。嬉しいわ。ビタミンCが喘息に効くかどうかは知らないけれど、お肌には確実にいいもの」

「デザートにありがたくいただこか。ほな、ちょっと待っとってな」

っていく。

繁春はニコニコしてそう言うと、紙袋を持って続き間のダイニングルームのほうへ去

弁当を渡し、悠子の顔を見たら帰ろうと思っていた海里だが、さっきの繁春の「待っとってな」は、どうも悠子だけでなく、海里にも向けられているようだ。

(病人の前に長居はよくないと思うんだけど、早く帰れって雰囲気じゃないよな。むしろ、帰るなって感じが……)

戸惑いながら、海里はなおも悠子に念を押した。

「ほんとに、こんな風に喋ってて大丈夫なんですか? 入院したんですよね、だって」

「一泊だけよ。ただ、症状をできるだけ早く抑えるために、強いお薬を使うから、倦怠《けんたい》感が酷くて。でも、発作が出やすいのはどっちかっていうと夜なの。だから、昼間はそこそこ元気にしているわ」

「そうなんだ。よかった……いや、よくないけどよかった」

正直な安堵《あんど》を口にする海里に、悠子は微笑んだ。レッスンのときに見せる厳しい顔ではなく、親しい者に向けるリラックスした表情である。

「心配をかけてしまったわね。たぶん、あなたが思っているより元気よ。ただ、声を張るのは無理だし、運動も咳の原因になるから、レッスンはしばらくお休みさせていただこうと思っているの。とりあえず、今週の『シェ・ストラトス』での朗読イベントは、中止していただくことにしたわ。その後は経過を見ながらということで、マスターには

ご迷惑をおかけするけれど、快く了承していただけた」

「そりゃそうですよね。イベントは夜だし、この家よりは多少埃っぽいだろうし、環境としてはちょっと過酷そう」

「そうなのよね。はあ、どうしてこんなときに喘息が再発しちゃったのかしら。けっこう長く大人しくしていてくれたから、もうお別れできたんじゃないかと思っていたのに、やっぱり一生のお付き合いになりそう。こういうのを腐れ縁っていうのね、きっと」

悪戯《いたずら》っぽくそう言ってから、悠子は「神様のお叱りかしら」と付け加えた。

「へ？　神様のお叱り？　叱られるようなこと、何かしたんですか？」

キョトンとする海里に、悠子はチラとダイニングルームで甲斐甲斐《かいがい》しく食器を並べている繁春の姿を見て言った。

「この前のこと。神様の前に、繁春さんにも軽く叱られたけど」

「この前のことって？」

ますます訝《いぶか》しそうに首を傾げる海里に、悠子は珍しくエッジの鈍い口調で答えた。

「この前といえば、この前じゃないの。里中君がレッスンに来たときのこと」

せっかく落ち着き掛けてきた海里の心臓が、またしてもドキリと跳ねる。

「えっ？　あっ、え？」

「レッスン中の私の言葉を、ちょうど廊下を通りかかった繁春さんが耳にしていたらしくて、あとで叱られたっていうより、注意されたの。『君の気持ちは僕にはわかるけど、五十嵐君には伝わってへんの違うかな。そこを当然伝わってるもんやと思うんは、ちょっと傲慢《ごうまん》かもしれんよ』って」

「えっ？」

海里も思わず、陽気な口笛を吹きながら皿を並べる繁春のほうを見る。

あの朗らかで穏和な彼が「傲慢」という強い言葉を使ったことに、他人である海里が軽いショックを受けたほどだ。悠子が「叱られた」と表現してしまうのも無理はない。

「レッスン中の言葉って？」

悠子は小さく肩を竦《すく》め、どこか言いにくそうに答えた。

「つまり、私、里中君の『待つ』の解釈が素晴らしかったから、褒めたでしょう。『すぐにでも舞台に上がる資格がある』って」

ウッ、とくぐもった声が、海里の口から漏れた。

有馬温泉で李英と語り合い、あのレッスンの日の鬱屈《うっくつ》は既に晴れている。それでも、当の悠子からあの日の言葉を繰り返されると、やはり胸にグサリと来るというものだ。

悠子は、そんな海里の反応から、彼の心持ちを察したのだろう。「ごめんなさいね」と言って、海里の膝小僧《ひざこぞう》を軽く叩《たた》いた。

「別れ際に、私、里中君に言ったでしょう。『鍛錬のための道筋は見えたでしょう？』って。あれで、あなたには私の意図が伝わっていると思っていた。そうじゃなかったようね。この前の朗読イベントでも妙なことを言っていたし」

そうじゃないどころか、ふてくされて暴言を吐きました……とはさすがに病人相手には打ち明けかねて、海里は肯定の返事の代わりに小さく肩を竦めてみせた。

それで悠子には十分だったのだろう。彼女は真顔になってこう言った。

「察してくれは、確かに傲慢だったわね。私が里中君を褒めたのは、本心よ。あなたへのあてつけなんかじゃない。それはわかってくれている？」

海里も姿勢を正し、頷いた。

「わかってます。俺も、李英の解釈にはビックリしたし、感動したし、悔しかったし……あと、嫉妬《しっと》もしたし、自己嫌悪もしました」

「盛りだくさんね」

「我ながらそう思いますけど、本当にその全部です。だから、倉持さんが李英を褒めたことを俺へのあてつけとは全然思ってません。あの日も思ってませんでした。でも」

「でも？」

「ずっと倉持さんに教えてもらってる俺より、飛び込みで初レッスンの李英のほうが、しっかりした朗読、しっかりした作品の解釈をしてるわけで。倉持さんが、俺に幻滅したんじゃないかとか、もう俺に教えるの、馬鹿馬鹿しくなったんじゃないかとか、そんなことを考えちゃって……イベントんときに言ったみたいに」

「本当にバカねえ。ああいえ、バカは私もだわ。相手に伝わるように表現できないなんて、役者失格」

「え、いや、そんなことは！」

「あるのよ。里中君とあなたは全然違う」

悠子の断言に、海里はますますしょぼくれる。

「そりゃ、俺がフワフワしてたときに、李英はしっかり芝居の勉強をして、場数を踏んで……」

だが、皆まで聞かず、悠子は海里の後悔の弁を遮った。

「そういうことじゃないの。根本は、あなたは私の教え子、里中君は違う。それはわかるわね？」

海里は、どこか不服そうに、それでも従順に頷《うなず》く。

「はい」

「彼の朗読を聞いて、すぐにわかった。彼は、私に教えを乞《こ》いに来たんじゃないって」

海里は驚いて、数回素早く瞬《まばた》きする。

「レッスンを受けるって、教わる以外に何が……」

「彼は、背中をちょんと押してもらいに来ただけなのよ」

「背中を？」

「そう。あなたがさっき言いかけたように、彼はもう芝居の土台を造り終えている。その上に、どんな建物を建てて行こうか……と舞台の上で試行錯誤していたときに病気になってしまった。これまで思い描いていたような建物は、もしかしたら造れないかもしれない。他のデザイン、他の工法を模索しなくては。その一環として、彼が目を付けたのが、朗読だったのね」

李英の病状については、レッスン前にざっくり説明していた海里だが、ただ一度のレッスンを通して、悠子は李英の抱いている不安や期待を正確に感じとっていたらしい。

驚いて頷くことしかできない海里に、悠子は少しだけ口角を上げてこう続けた。

「基礎がしっかりしているから、朗読も彼はある程度、独学で上手《うま》くやるでしょう。自分の朗読の未熟な点、不足している部分も、あらかた気づいている。ただ、自分の考えている方向性で学びと練習を重ねていいものか、それを知りたかっただけ。だから私は、今のあなたのスタンスでいい、それできっと道は開けます……そう伝えただけなの。教えたというのとは、少し違う」

「答え合わせ、みたいなものですか？」

「そうね。問いは私が出したわけじゃなく、彼の心の中から生まれ出たものばかりだったけれど、私たちはレッスンを通じて、彼が出した答えが正解かどうかをなぞっていたことになるわね。私は、彼が自信を持って進めるよう、少しお手伝いしたわけ」

「なる、ほど」

海里は半ば上の空で相づちを打ちながら、あの日のレッスン内容を思い出していた。

確かにあの日、悠子は李英に、技術的な問題点についてはほとんど言及しなかった。

その代わりに、李英が試みた表現について、「それはいいわね」「それは少し違う」というとてもざっくりした指針を示していただけだった。

悠子は、海里をじっと見て、小さく頬笑んだまま再び口を開いた。

「あなたは違う。あなたはいったん放り出した役者としての基礎を造る工事を、再び始めたばかり。そしてあなたは私に、その基礎工事と共に、建物の『朗読』という一区画の建設について、私に指導を求めた」

「……はい！」

今度は、海里もハッキリした声で同意する。

悠子は、もう一度海里の膝をポンと叩いて、初めてクシャッと顔じゅうで笑った。それは師匠としてではなく、ひとりの俳優仲間としての笑顔だった。

「勿論《もちろん》、基礎も建物も、基本的にはあなたが自力で造らなくてはならない。でも私は、あなたと一緒に設計図を引き、煉瓦《れんが》を選び、時々は一緒にセメントを捏《こ》ねて、最初の数段くらいは一緒に造る。上手く積めずに煉瓦が崩れてしまったら、改善策を一緒に考える。あなたがどう思っているかはわからないけれど、私はそういうつもりでいるの」

悠子の言葉は平易で、まるで優しい雨のように、海里の心に素直に沁《し》みてくる。

「倉持さん……」

「共同設計者として、そして共に現場で試行錯誤する仲間として、私はあなたという役者が育つ過程をいちばん近いところで見守り、たまに手を貸し、そして……いつかあなたが独り立ちした後も、五十嵐海里という役者の中に、自分が積んだ煉瓦を見つけてこっそり喜びたい。それが私の、あなたの先生としての夢よ。勿論、共に舞台に立ってっていう、未来のパートナーとしての夢もある」

てらいのない、想いのこもった悠子の本心を聞くうちに、海里の目には、ごく自然に涙が溢《あふ》れてきた。

いつもはクールで、適切な距離を崩さない悠子が、師としてというよりひとりの人間としての生々しい心の内を見せてくれたことに、海里は激しく胸打たれていたのである。

しかし、彼が涙をこぼす前に、ひっく、という派手な嗚咽《おえつ》がシャツの胸ポケットから発せられた。

「うわッ」

海里は慌てて胸元を押さえる。

言うまでもなく、海里より先に本格的に泣いてしまったのは、ポケットの中で眼鏡のままでいるロイドである。

「ちょっと、どうしたの？　あなたまで心臓が？」

驚いて問いかける悠子にぶんぶんと首を振って否定の意思表示をしつつ、海里は俯《うつむ》いて、「おい、落ち着け」とポケットのロイドに囁《ささや》いた。

『申し訳ございません。倉持様のあまりにお優しい心に触れて、このロイド、感激と感謝の念が溢れて止まらず』

「頼むから、どうにかしていったん止めてくれ」

凄《すさ》まじい早口でそれだけ言うと、海里は顔を上げ、胸から手を離した。もはや、彼自身の涙は見事に引っ込んでいる。

「何でもないです！　ちょっと……その」

「ちょっと、どうしたの？」

「その……その、そうだ、嬉《うれ》しくて」

プライベートでは嘘をつけない海里なので、嬉しいという感情は偽りのないものだ。

悠子にも、その想いは伝わったらしい。

「そう？　繁春さんに叱られて、そういえば私、あなたに対する姿勢とか想いとかを、これまであまり言葉にしてこなかったなって反省したの。あなたとは初対面のときから何かしら近しいものを感じていたから、くどくど言わなくても気持ちが伝わっているように勝手に思い込んでいたのね」

海里はにわかには信じられないような思いで、悠子の話に耳を傾けた。そして、迷いながら、短い問いをどうにか口にした。

「俺に、近しいものを……？　倉持さんが？　技術も作品の解釈もダメダメな俺に？」

悠子は笑顔で頷いた。

「技術は、スピードに個人差はあっても、稽古《けいこ》でいつか身に付くものよ。解釈は……確かにセンスが必要な分野ではあるし、この前のあなたの解釈は、まあまあ酷《ひど》かったわね」

「ウッ」

「でも、あなたは自分の解釈が未熟なこと、深みが足りないことを自覚していた。見込みがある証拠よ」

「そう、ですかね」

「おそらくはね。私はあなたに、伸びしろを感じている。だからこそ、多少は道を示しながら、併走したいと思っているの。……あとは」

「あとは？」

悠子は少し言い淀《よど》み、何故か繁春のほうを見てから、声のトーンを落として、内緒話でもするような声量で言った。

「正直に言うわ。関係ないって言ったけど、嘘よ。やっぱり私、あなたを見ていると、どうしても死んだ息子を思い出すの。容姿ではなく、その不器用なところ。勿論、息子の代わりにしようなんて思ってはいない。そこは誓って違う。でも、何も成し遂げないうちに命を落とした息子の代わりに、あなたには夢を叶《かな》えてほしい。心からそう願ってる」

悠子の溢れんばかりの愛情を言葉でいっぺんに受け取った海里は、胸がいっぱいになって、上手く言葉が選べなくなった。

「俺……何て言えばいいか」

「何も言わなくていいの。聞いてくれてありがとう。それだけで十分よ」

悠子は寂しげに、それでもいつものクールさを取り戻して、海里に感謝を伝える。

そのとき、会話が一区切りつくのを待っていたらしき繁春が、絶妙なタイミングで二人を呼んだ。

「お昼の用意ができたから、こっちへおいでや」

海里はビックリして腰を浮かせる。

「あ、いや、俺は失礼して……」

だが繁春は、さも当然と言いたげに海里に言い返した。

「いやいや。五十嵐君も一緒につまんでや。ほんで、僕らの感想を生で聞けたほうが、料理人としては嬉《うれ》しないか？」

「それは、そうですけど」

「ほな、こっちおいで。悠子さんも。そろそろ話は切り上げてひと休みせんと、また咳《せき》が止まらんようになるで」

「繁春さんは心配性ね。このくらいの声なら、ずっと話していられるわよ」

「油断は禁物。五十嵐君のお弁当をいただこう」

「わかったわ。確かに、大切な話は済んだことだし」

海里に気持ちを打ち明け、心が軽くなったのだろう。悠子はさっきより幾分元気よく立ち上がり、ダイニングへと向かう。

海里が悠子に続こうとしたとき、ポケットの中のロイドが、さっきまでとは違う、少しばかりの緊張をはらんだ声で海里に呼びかけた。

『我が主《あるじ》、よろしければわたしをかけてくださいませんか』

「えっ？」

『どうやら、海里様には、わたしに見えている「もの」がご覧になれない様子。ですが、わたしをかけていただければ、あるいは見えるやもしれぬと思い』

「見えるって何が？」

『百聞は一見にしかず』

「とにかく見ろってこと？」

『左様で』

あまりダイニングに行くのが遅れては、倉持夫妻に「もしや一緒に食事をしたくないのか」と不審がられるに違いない。ロイドと小声でボソボソやり合っているのを聞きつけられても厄介だ。

海里はとりあえず言われるがままにポケットからロイドを引っ張り出し、眼鏡としてかけてみた。

フレームに嵌《は》め込まれたレンズに度は入っていないので、完全なる伊達《だて》眼鏡状態である。かけたところで、海里の視力には何の変化もない。

それなのに。

「！」

海里は小さく息を呑《の》んだ。

今、目の前にある広いダイニングルームには、フルに使えば六人掛けくらいの立派なテーブルがある。

今、椅子は四脚だけで、長辺側に二脚ずつ向かい合うようにセットされているが、その壁側の椅子のひとつに、見知らぬ若い男性が座っているのが見えたのだ。

(誰だ、あれ？ さっきまではいなかったぞ)

海里は焦りながら眼鏡を外してみた。すると……。

(消えた！)

幾度繰り返しても、同じ現象が起こった。眼鏡をかけると見え、外すと見えなくなる。

ということは……。

「まさか、幽霊？」

『ご明察。かなり気配が薄うございます。どうも、卓上の……』

ロイドは説明を試みたが、二人が会話していることなどつゆ知らぬ繁春は、大きな声で海里を呼んだ。

「おーい、五十嵐君！ 遠慮せんと、早《はよ》う座りいな」

「あっ、はい！」

大きな声で返事をして、海里は眼鏡……つまりロイドをかけたまま、ダイニングへ足早に向かった。

繁春と悠子は、すでに向かい合って席に着いていた。壁側が悠子、リビングルーム側が繁春である。おそらくそれが、二人の定席なのだろう。

「五十嵐君は、ここに座り」

繁春が片手で示したのは、自分の隣だった。

（セ……セーフ……！）

海里は思わず胸を撫《な》で下ろす。

何故なら、壁側……悠子の隣の椅子に、例の「幽霊」が既に座っていたからだ。

（逆サイドだったら、幽霊の膝《ひざ》の上に座る羽目になるところだった）

冷や汗を掻《か》く思いで、海里は言われるがままに「失礼します」と椅子を引き、腰を下ろした。

「あれっ、五十嵐君、眼鏡もかけるんかいな。今どきの子には、そういう昔風の眼鏡がかえってオシャレなんやろな。よう似合《にお》うとる。かっこええなあ」

「あ、いえ、まあ」

今、眼鏡を外すと幽霊が見えなくなってしまうので、海里は曖昧《あいまい》に笑って誤魔化《ごまか》す。

幸い、繁春も悠子も、海里が突然眼鏡をかけたことをさほど気にする様子はなかった。

悠子は俳優なので、自身も配偶者の繁春も、カムフラージュとしての伊達眼鏡には慣れっこだからかもしれない。

「悠子さんのが、こっちの可愛い曲げわっぱやろ？　それは、悠子さんがまるっと一ついただいたらええ。僕のんは大きい弁当箱やし、これを五十嵐君と二人でつつくわ」

繁春はそう言って甲斐甲斐《かいがい》しく布包みを解《ほど》き、曲げわっぱの弁当箱を悠子の前に、大きなアルミの弁当箱を、自分と海里の間に置いた。

どうやら悠子も繁春も、幽霊の存在には気づいていないようだ。

「この前、淡海先生のお宅でいただいた五十嵐君お手製のおつまみ、とっても美味《おい》しかった。だからお弁当も楽しみにしていたのよ」

少し喋《しゃべ》り過ぎたのか、軽く咳《せ》き込んでまた白湯を飲んだ悠子は、両手で弁当箱の蓋《ふた》を取った。中身を見た瞬間、僅《わず》かに眉《まゆ》を曇らせた彼女は、それを海里に気づかれないうちに笑顔を取り戻し、こう言った。

「あっ……あ、いいえ、彩りが綺麗《きれい》だけど、茶色いおかずがちゃんと入ってて美味しそうね」

繁春も、悠子に続いて弁当の中身を見て、「おお」と嬉《うれ》しそうに相好を崩した。

「ホンマやな。ほな、いただこうか。五十嵐君も、遠慮のう。作ってもらっといて、その言い草もないもんやけど。取り皿、よかったら使ってな」

「あっ、はい。どうぞお先に」

海里は、繁春に先に取り分けるよう勧めつつ、怖々視線を前に向けた。

幸か不幸か、海里にとっては真正面の席に、幽霊が座っている。

やっとまともに幽霊の顔を見た海里は、たちまち困惑してしまった。

少し不機嫌そうな顔つきの幽霊は、おそらく二十歳前後くらい。まだ少年めいた整った顔に、髪を短くカットして、前だけ軽く立て気味にセットしている。

視線の高さがほぼ同じなので、身長は海里と同じ平均より少し高めくらいだろうが、肩幅は海里よりやや広く、いわゆるスポーツマン体型だ。マッチョというほどではないにせよ、Tシャツとジャージの上下という装いからも、シャンと座った姿勢からも、全身の筋肉がほどよく鍛えられていることが窺《うかが》える。

（滅茶苦茶《めちゃくちゃ》見られてんな、俺）

幽霊の男性は、いわゆる「ガンを飛ばす」勢いで、真向かいに座った海里を見据えている。

（つか、なんか俺に腹立ててる？　この人。ってか……どっかで会ったことがあるような）

幽霊は幽霊だけに、瞬《まばた》きひとつせず、海里から視線を逸《そ》らさない。むしろ海里のほうが落ちつかず、勝ち負けはこの際おいて、スッと視線を外してしまった。でないと、幽霊の視線が気になって、考えを巡らせることすら難しかったからである。

（どっかで……あ、そうだ）

幽霊の、その強い眼差《まなざ》しが、レッスン中の悠子のそれにとても似ていると思った瞬間、海里の中でカチリと記憶が繋《つな》がった。

（この家に初めて来たとき、倉持さんが外出中で、繁春さんがしばらくお喋りをしてくれた。そのとき見せてくれた写真の人だ！）

自分の向かいに座っているのが、倉持夫妻の亡くなったひとり息子であることに気づいた瞬間、海里はうっかり声を出してしまった。

「えっ？　あっ、これ、君の好きなおかずやったかいな？」

二時間ほど前、海里がふっくらと焼き上げた卵焼きを自分の皿に取ろうとしていた繁春は、驚いて箸《はし》を持ったまま軽くのけぞる。海里は慌てて首を横にぶんぶんと振った。

「ちち、違います！　いえ、卵焼きは好きですけど、食べてほしくて焼いたんで、是非！」

「あ、そうか？　ほな頂戴《ちょうだい》するけど。僕、ひととおりおかずを取ったから、君も遠慮せんと、自分が作った弁当を試食して」

「は、はい」

確かに、席に着いて何もしないと、悠子と繁春が気を遣って弁当を食べにくいだろう。

海里は、幽霊の視線が上半身のあちこちにザクザク刺さるのを肌のピリつきで感じながら、適当におかずを数種類、美しい鳥が描かれた皿に取り分けた。

「うん、美味しい。やっぱり茶色いおかずは最高ね。この鶏《とり》と里芋の煮付け、薄味なのに中までしっかり浸《し》みてる」

隣に幽霊……亡き息子が座っているのに少しも気づく様子を見せず、悠子はニコニコして海里が作った煮物を頬張った。

「あっ」

今、海里が幽霊の話を持ち出せば、弁当どころでなくなることは確実だし、今も息子の死を深く悲しんでいるに違いない、悠子の体調が心配だ。

ここはとりあえず弁当の話をするしかないと腹を括《くく》って、海里はできるだけ幽霊の姿を視界に入れないようにしながら、極力いつもどおりの明るい声で返事をした。

「それ、ただ煮てから時間を置くだけで、味は浸みるんですよ」

「そうなの？　いつもは煮てすぐ食べちゃうから駄目なのかしら」

「駄目ってことはないです。表面だけ味がついてる状態で、煮汁をちょっと濃い目にしてかけるって手もあります。中まで味が浸みてない分、素材の味が楽しめて、変化があるっていうか……」

「ああ、なるほど。ものは考えようね」

「この煮物、家庭の味やけど、上に振った柚子《ゆず》の香りが、プロの仕事っちゅう感じやな。さすがや」

繁春も同じおかずを口にして、海里の背中をバンと叩《たた》いて褒める。彼もまた、幽霊の存在が見えていないようだ。

（気配、薄くなっちゃってんのか、わざと消し気味にしてんのか、どっちなんだろうな）

どうにもわからないことが多すぎて、海里はほぐし梅を入れて一口サイズにまとめたおにぎりを頬張りつつ、首を捻《ひね》った。

（死んだ息子さんの幽霊、食卓についてますよって言えたらいいけど、絶対言えねえも

んな。つか、俺のこと睨《にら》むのだけでも、やめてくんないかな。落ち着かないどころの騒ぎじゃねえよ）

海里は思わず箸を持っていないほうの手で眼鏡に触れ、ロイドに助けを求める。しかし、頭の中に響くロイドの声もまた、戸惑いを感じさせるものだった。

『ご夫妻があまりに近くにいらっしゃるので、お返事は結構です。幽霊氏は、何故か海里様にお腹立ち……なのでしょうか。何やら不穏な気配を放っておいでです』

わかっている、と言う代わりに、海里はごく小さく頷《うなず》いた。

ロイドに、「幽霊は倉持夫妻の息子だ」と伝えられたらいいのだが、ロイドが言うとおり、すぐ隣に繁春がいるし、悠子がしょっちゅう海里の顔を見て弁当の感想を言ってくれるので、物騒な「独り言」を声に出すわけにはいかない。

『幽霊氏には、海里様に害を為《な》すほどのお力はないと考えられますが、どうぞお気をつけください』

海里はまた一つ、今度はやや深めに頷く。

その拍子に視線が下がり、テーブルの上が目に入った。

カトラリーや食器は、悠子、繁春、そして海里の前だけにセットされているが、よく見ると、悠子の隣、つまり今、幽霊が座している席にも、皆と同じ濃いグレーのランチョンマットが敷かれていた。

そして、その上に、何かとても小さくて白っぽいものがちょんと置かれていることに、海里は初めて気付いた。

（ん？　何だ、あれ？　ちょっと丸っこくて、マジックで書いたみたいな線が何本か入ってるけど……しかも渦巻き模様になってる？）

あれは何ですか、と海里が二人に訊《たず》ねようとした寸前、悠子は「ねえ、五十嵐君」といささか躊躇《ためら》いがちに海里に声をかけた。

「は、はい？　なんですかっ？」

うっかり必要以上に大声で応じてしまった海里を少し訝《いぶか》しげに見たものの、悠子は「お皿を出して」と要求した。

「……え？　はい」

言われたとおり、悠子のほうに海里が取り皿を差し出すと、そこにそっと載せられたのは、大きく焼き上げて一切れだけ入れた、卵焼きだった。

海里は呆然《ぼうぜん》として、悠子の顔と皿の上のこんがり焼き色のついた卵焼きを交互に見る。

卵焼きは、夏神のアドバイスを受けて何度も試作を繰り返した海里が、ようやく「ほどよくしょっぱく、ほどよく甘く」、できるだけ広い層に受け入れられるようにと味付けを決めた、なかなかの自信作だった。

卵焼きの味付けには、皆、こだわりがある。食べて気に入られない可能性は大いに覚悟していたが、まさか、箸をつけることなく自分の皿に置かれてしまうとは思わず、海里は自分でも驚くほどショックを受けていた。

本当はスマートに「お嫌いでしたか?」などと訊ねたいところだったが、思わずうわごとのような切れ切れの言葉を吐き出してしまう。

悠子は、心底申し訳なさそうに目を伏せた。

「ごめんなさい、とっても美味《おい》しそうだと思う。きっと美味しいんだとも思うんだけど、私、どうしても」

またしても軽く咳《せ》き込む彼女の傍に駆けつけ、背中をさすってやりながら、繁春もまた、沈痛な面持ちで言った。

「もしかしたら……可愛い弟子の作る卵焼きやったら食べられるん違《ちゃ》うかと思うて、『弁当から省いて』って五十嵐君に頼むんはやめたんよ。ごめんなあ、やっぱりアカンかったか。試すようなことして、二人ともにすまんかったな」

「え? えっ?」

口元をハンカチで押さえ、咳《せき》の発作を鎮めようとしている悠子、人のいい顔を泣き出しそうに歪《ゆが》めている繁春、自分の皿の上の、我ながら美味しそうに焼き上がっている卵焼き……と移った海里の視線は、自然な流れで幽霊に落ちついた。

幽霊の男性もまた、さっきまで海里に向けていた憤りの表情ではなく、本当に悲しそうな顔で、倉持夫妻を見ている。

(何だ……? 俺の焼いた卵焼きが何だっていうんだ?)

激しく動揺しつつも言葉が出てこない海里に、繁春は悠子の肩に手を置いて、静かに言った。

「悠子さんなあ、拓已《たくみ》が……僕らの息子が死んでから、卵焼きがどないしても食べられんようになってしもたんよ」

（息子さん、拓已さんっていうのか）

両親を見つめる幽霊……拓已の姿から、海里は再び繁春と悠子に視線を戻す。

白湯のおかげでようやく咳が治まった悠子は、ひときわ小さな、まるで独り言のような調子で言った。

「本当に……本当に、私は愚かな母親だったの。息子がグアムに旅立つって朝、あの子、寝起きが悪いものだから、本当に出発時刻ギリギリまで起きてこなくて。飛行機に遅れたらどうするの、待ち合わせているお友達に迷惑をかけないでって、いい歳の息子相手に、私はとても苛立《いらだ》っていた」

悠子が、プライベートを語る機会はあまりない。一度だけ、海里の何げない姿に、自宅向かいの小学校に通う、幼い日の息子の姿を思い出したと話したことはあるが、その程度だ。

母親としての顔を見せる悠子に、海里は素直に困惑しつつも、瞬《まばた》きで先を促した。

「それなのに、呑気《のんき》に起きてきた息子が、『出掛ける前に、日本食食べときたいな。お母さん、卵焼き作ってよ』なんて呑気なことを言うものだから、カチーンと来てしまって。『卵なんかないわよ。さっさと行きなさい！』って叱りつけて、叩き出すみたいに出発させてしまった。卵くらい、冷蔵庫にあったのに。すぐ焼いてあげれば、一切れくらい頬張って、バス停まで走れたでしょうに」

「そういう……ことか」

海里もまた、掠《かす》れ声で呟《つぶや》いた。

「まさか、楽しい旅行の最中に、海で溺《おぼ》れて死んでしまうなんて思わないじゃないの。そんなの、ドラマの中のテンプレなシーンとしか思っていなかったのよ。当たり前みたいに呑気な顔で、お土産をどっさり持って帰ってくるとばかり」

今度は嗚咽《おえつ》で声を詰まらせる悠子の肩を優しくさすってやりながら、繁春は自分も目頭を指で軽く押さえて、それでも落ちついた声音で話を引き継いだ。

「軽い親子げんかなんか、どこの家庭でも、どんな親子にもあるもんや。誰が悪いわけでもあれへん。ただのちょっとした行き違いや。それは悠子さんにもようわかっとる。そやけどなあ、片方が死んでしもたら、そのけんかは、どこにも落とし所が見つからんまま、ずーっと続いてしもとんのや」

海里はハッとした。

一昨日《おととい》、有馬温泉の宿で、主《あるじ》の守沢が自分と李英にかけてくれた言葉が、脳裏に甦《よみがえ》ったのである。

『話せるんは、ええことですよ。話し合えるっちゅうんは、それだけで幸せなことですわ』

守沢もまた、妻を突然亡くし、最後に交わした会話を覚えていない自分を悔やんでいる様子だった。

だからこそ、腹を割って話し合い、仲直りすることができた海里と李英を、真っ直ぐに祝福してくれた。

(そうか……。守沢さんも、悠子さんも、同じだ。大切な人が突然死んでしまって、もう会えない、話せない。その悲しみをずっと抱えているんだ。だけど)

海里は、両親の話を硬い表情で聞いている拓己の幽霊をそっと見やった。

「そやから、けんかの原因になった卵焼きを、悠子さんはどないしても食べられへんらしい。拓己に食べさしてやれんかったもんを、自分が美味しゅう食べることなんかできへんのやろ」

海里にとっては見慣れた、半ば透けた姿の拓己は、「そんなことは気にしないでほしい」と言いたげに、何度も母親に首を振ってみせる。

だが、その姿は悠子には見えず、存在を感じとることもできないようだ。

(もしかして、亡くなってからずっと、こうして悲しむ両親を見てきたのかな。それにしては、気配が薄いな。いや、勿論《もちろん》、亡くなってから三年経ってるんだから、不思議ではないけど、でも)

縁の深い人に、強い想いを遺《のこ》している死者ほど、幽霊としてこの世に留《とど》まる期間が長く、気配も濃い。

それが、海里が「ばんめし屋」で幽霊たちと触れ合うようになって学んだ原則である。

無論例外もあるが、淡海五朗の妹、純佳《すみか》などはその最たるものだろう。

(きっと、拓己さんも、お母さんと仲直りしたいと思ってたはず。なのに、どうして)

海里の疑問を感じとったのか、あるいは、同じ疑問を持ったのか、ロイドは海里に短く語りかけた。

『海里様、あるいは、拓己様のお席の前にある、あの白い小さなものが、何かの手がかりでは？』

(あっ、なるほど)

悠子に質問するのはあまりに酷だと考えて、海里は繁春に問いかけてみた。

「あの、もしかして、俺の向かいの席……」

繁春は、しんみりとした表情で、海里に頷《うなず》いてみせる。

「家族三人で暮らしとった頃、悠子さんの隣が、拓己の定席でね。あいつ、好き嫌いが多かったから、ええ歳になっても、飯の最中、悠子さんの皿に苦手なもんを放り込んどった。特にセロリが嫌いやったねえ」

「……セロリは俺も生は苦手です。そっか、息子さんの席を、そのままに」

「うん。そこに、貝殻置いてあるやろ」

繁春は、長年の庭仕事ですっかり太くなった人差し指で、ランチョンマットの上を指さす。海里は目を瞠《みは》った。

「へ？　あっ、その小さいの、貝殻なんですか？」

「そうそう。ほら、見てみ」

繁春は悠子の傍を離れ、テーブルから大事そうにつまみ上げたそれを、海里の手のひらに載せてくれた。

落としては大ごとと、海里もまた、慎重に手を顔に近づける。

至近距離で見ると、確かにそれは巻き貝の貝殻だった。大きさは、いちばん長いところでほんの一センチほどだろうか。

ベースの色は、半透明のミルク色。

そこに、油性のフェルトペンで無造作に引いたような黒い線が幾筋か走り、線と線の間が、一部、淡いオレンジ色に染まっている。

とても小さいが、繊細で美しい貝だ。

「こんな貝殻、初めて見ました。綺麗《きれい》だな」

そう呟く海里に、繁春は苦い声で言った。

「ベニヤカタガイ」

「べに……博多《はかた》？」

「ベニヤカタガイ。その貝の名前やそうや。ウミウシが持っとる貝なんやて」

「……ウミウシって、貝、持ってるんですか？」

「持っとる奴もおるそうやで。その大きさで、十分大人なんやって」

「へえ」

繁春の説明に感心しきりの海里の耳に飛び込んできたのは、ショッキングな言葉だった。

「僕らの息子が、グアムの海から拾ってきたんは、その貝殻ひとつだけや」

「えっ？　拾ってきたって、息子さん、その海で溺れて……？」

繁春は、重々しく頷いた。

「拓己の死の報《しら》せを聞いた後、悠子さんは滅茶苦茶《めちゃくちゃ》に体調を崩して、とても飛行機に乗れる状態やなかった。僕だけがグアムに行って、息子の亡骸《なきがら》に対面するつもりやった。そやけど……できんかったんよ」

「なんで……ですか？」

「あっちの警察が言うには、不幸な連鎖やったらしい。急な潮に流されてかなり沖まで行ってしもた拓己の身体は、通りかかった船のスクリューに巻き込まれてバラバラになってしもた。その上、そこから流れ出した血ぃに、サメやら何やらが集まってきて……」

「そんな」

「結局、僕は、拓己の顔を見せてもらうことができんかった。所持品で、あの子を確認するしかなかったんや。警察が身体の一部をどうにかこうにか集めてくれて、それをお骨にして連れ帰ることはできたけど、頭はとうとう見つからんかったそうや」

むしろ淡々とした調子で息子の死を語りつつ、繁春はやはりとても大事そうに、海里の手のひらから小さな小さな貝殻をつまみ上げ、自分の分厚い手のひらに載せた。

「この貝殻は、拓己のビリビリに裂けたウエットスーツを持ち上げたら、コロンと落ちた。そのとき、なんでか思ったんよ。お骨より、この貝殻のほうが、拓己の雰囲気を持っとる。これを拓己やと思うて、悠子さんのところへ連れて帰ろうて」

「……理由はわかってるの。拓己が好きでよく着ていたシャツとよく似たストライプ、よく似た色なのよね。うちの人、そういうところ、とっても単純なの」

まだ涙声だが、どうにか咳《せき》の発作を抑え、気持ちを少しだけ立て直した様子の悠子は、おそらく海里の困惑を慮《おもんぱか》って、そんな冗談めいたことを口にする。

繁春も笑って頭を掻《か》いた。

「後で言われてみたら、そうやねんなあ。けど、ほんまに僕はこの貝に、拓己を感じるんや。そやからずっと、家族の団欒《だんらん》の場であり、ケンカの場でもあった食卓にいてもらおうと思うてね。他人様《ひとさま》が聞いたら、アホみたいな話やろけど」

「いえ、全然！」

必要以上に強い調子で、海里は短く否定した。

（だって息子さん、マジで座ってますから！　マジで……たぶんその貝殻に、魂を宿してたな。だけど、やっぱ仮の住まいだから、気配が弱るのも早かった……ってとこか）

海里は、拓己の幽霊と、繁春が元の場所に戻した貝殻を見て、物思いに沈む。

悠子は涙を拭《ふ》いて、再び箸《はし》を取り上げた。

「でも、卵焼き以外は、全部しっかりいただくわ。どれも美味《おい》しいもの。ちくわは……きんぴら？」

海里はハッと我に返り、頷く。

「あっ、そうです。甘辛に炒《いた》めて、胡麻《ごま》を振って」

「胡麻がよく効いてる。この、優しい味のお菜っ葉は……」

「シロナです。俺も知らなかったんですけど、夏神さん曰《いわ》く、昔から大阪でよく食べられてた野菜らしくて。白菜の仲間らしいです」

「へえ、そうなんか」

繁春も自分の席に戻り、さりげなく時々目頭を拭《ぬぐ》いながらも、いつもの呑気《のんき》な口調で相づちを打つ。

自分への夫妻の気遣いを感じながら、海里もまた努めて明るい声を出した。

「夏神さんの受け売りですけど。柔らかくて癖がないんで、おひたしにして、ツナと和《あ》えました。あと、おにぎりには梅が入ってるんですけど、味変用に、自家製のなめたけも入ってます。その、ホイルに包んであるやつです」

「念入りやな。うん、旨《うま》い。卵焼きも、美味しかったで」

繁春は、さりげなくそんな言葉で、海里を安心させようとする。

（ほんとに、優しいご両親だもんな。心配で、そりゃ、離れたくないよな。お母さんと

仲直りだってしたいよな）

　事情を知った以上、悠子の目にいつまでも卵焼きを入れるわけにはいかないので、海里は大きな卵焼きを一口で頬張り、もごもごと端整な顔を台無しにして咀嚼《そしゃく》しながら、拓己を見た。

　ずっと自分のための席に座している拓己は、今は半ば透明な幽霊の姿だが、おそらく生前も、こうしていたのだろうという自然な、それでいてきちんと背筋を伸ばした姿勢を保っている。

（俺に、なんかできることはある？）

　心の問いかけが通じるかどうか自信はなかったが、海里は視線にそんな思いを込めてみた。

　実際、通じたのかどうかはわからない。しかし拓己は、まっすぐ、今度は怒りではなく、ただ縋《すが》るような思いのこもった視線を海里に向けた。

　そして、両手の人差し指を、額の脇に立てるようにする。

（ん？　そっか、もう、ロイドのテレパシーみたいな奴で、俺に話しかけることはできないのか。つか、ジェスチャークイズかよ！　何？　鬼？）

　海里が小さく唇を動かすと、拓己は真顔で頷き、右手で海里を指さした。そして、海里がしたように、唇の動きで言葉を伝えようとする。

（鬼、そんで俺？　で、言葉は……「きっと」？「ニット」？　あ、もしかして、「しっと……嫉妬《しっと》？　俺に、ヤキモチ焼いてたってこと？）

拓己は傍らで弁当を静かに味わっている母親、そして海里を順番に指して、頷く。

（俺と倉持さんが、レッスンやイベントで一緒にいるのに、嫉妬してた……ってことか）

だから、さっきはあんなに怖い顔で自分を見ていたのかと、海里はようやく腑《ふ》に落ちる。

（そりゃそうだよな。そこはヤキモチ焼いていいとこだ。けど、謝るのも変な気がするし）

海里が迷っていると、拓己はさらに、母親を指さしてから、彼女に向かって両手を合わせ、何度も頭を下げる仕草をしてみせる。

（お参り……じゃねえな。そうか、ごめんなさい、か！　お母さんに、何とか謝りたいってことか。その、卵焼きを巡るケンカの仲直りがしたい？）

海里は未《ま》だ自分の口の中にある卵焼きを、ほっぺたを指さして拓己に示し、自分の両手で握手の真似事をして、仲直りのサジェスチョンをしてみせた。

拓己は初めてうっすら笑みを浮かべ、我が意を得たりと大きく何度も頷《うなず》く。

（仲直りのお膳《ぜん》立《だ》てを、俺に？　そうしてあげたいのはやまやまだけど、どうしたらいいかな。俺に、何ができるかな。こりゃ、帰って作戦会議を開かなきゃ）

迷いつつも、「わかった、任せろ」と拓己に伝えたくて、海里はネルシャツの胸を軽く叩《たた》いてみせる。

拓己は、「お願いします」というように、海里にもペコリと頭を下げた。

しかし……。

「さっきから、何をしてるの？」

斜め向かいの席から、悠子が怪訝《けげん》そうに見つめてくる。

隣にいる拓己とあまりにも似た顔が揃って自分を凝視しているので、海里としては何とも居心地が悪い。

「いえ、ちょっと……あっ、そう、ここに来たら、どうしても芝居のこと考えちゃって」

海里が咄嗟《とっさ》についたそれらしい嘘を、悠子は信じてくれたらしい。まだ赤い目をして、それでも微笑んで、悠子は言った。

「あら、『花束をめぐる諍《いさか》い』の新解釈でも？　でも、それは私がレッスンをできるようになったら聞くわ。今は、お上がりなさい。他のことを考えながらだと、消化に良くないから」

そんな母親めいた言葉が、今の海里には、どうにも胸苦しい。

（ホントはその言葉、隣にいる拓己さんが欲しい奴だよな。俺が貰《もら》っちゃって、ごめんなさい）

心の中で謝りつつ、海里は、繁春が取り皿にヒョイと置いてくれた二つ目のおにぎりを、手づかみで頬張った……。

五章　まるくおさめる

海里が悠子に呼び出されたのは、それから二日後の水曜日、昼過ぎのことだった。

当日の朝、店を閉めて後片付けを済ませ、布団に潜り込んだばかりだった海里は、悠子からの電話に叩《たた》き起こされ、突然、「シェ・ストラトス」に来るよう告げられたのだ。

やむなく、二度寝からの少々の早起きで外出したものの、三十分近くかけて歩いてくる途中、海里は欠伸《あくび》のし通しだった。

待ち合わせ場所の「シェ・ストラトス」は、「ばんめし屋」から芦屋川沿いにうんと北上したところにある、小さなカフェ兼バーである。

店の客席にはごく小さな舞台があり、本当ならば悠子は今夜、そこで定例の朗読イベントを開くはずだった。

だが、持病の喘息《ぜんそく》が悪化し、悠子は今日のイベントを行うことができない。

店の入り口脇のガラスケースに掲示された朗読イベントのポスターには、「本日中止」と赤字で書かれた大きな紙が貼り付けられていた。

開店は午後五時なので、今は扉に「準備中」の札がかかっている。だが、おそらく中に誰かいるはずで、施錠されてはいないだろう。

(何だろ、ここに来いって。確かに、倉持さんの自宅からここはすぐ近所だけど、出歩いて大丈夫なのかな。この店、お世辞にも空気が綺麗《きれい》とは言えないし。だからこそ、イベント中止なわけだし……うーん)

この店に呼ばれたということは仕事の話だろうと考え、今日はロイドを自室に置いてきた海里である。緊張をほぐしてくれる者は、この場に誰もいない。

(もしかして倉持さん、あれから喘息が悪化したりしたのかな。それで、もしかしたら朗読イベント自体をもう降板とか、そういう……)

陽気で楽天的そうなルックスとは裏腹に、海里はわりに最悪の事態を想像してあれこれ思い悩んでしまうたちである。

今回も、つい悪いことを考えて、店の扉を開く手が、なかなか上がらない。

そんな海里の背後から、聞き慣れた声がした。

「あれ、先輩?」

振り向けば、そこには意外そうな面持ちの李英がいた。

昨夜ぶりの後輩の姿に、海里は驚きの声を上げた。

「なんでお前が?」

「今朝、倉持先生から、こちらに伺うようにって。突然のことで、用事は来てから話すって言われたので、ちょっと面食らいました」

「先輩もですか？　何のご用事なんだろう。電話じゃ言えないようなことなのかな」

小首を傾げつつも、李英はしみじみとした様子で「シェ・ストラトス」の入り口を見て、自分のダッフルコートの胸元を指さした。

「ここに来るのは二度目ですけど、この身体で来るのは初めてですね。自分の足で歩いて来られて、いい感じでした」

そんな実感のこもった言葉に、海里は小さく噴き出した。

心臓の手術を受ける前、李英は病に立ち向かう気力を持てず、生き霊のような形で身体を抜け出して、海里の身の内に一時宿っていた。

そのときに、是非にとせがみ、倉持悠子の朗読イベントを海里の身体の中から「鑑賞」させてもらったのである。

「あのときは、こんな風に、今いるマンションからここまで歩いてこられるようになるなんて思ってもいませんでしたから。嬉《うれ》しかったです」

「そうだな。お前と別々の身体でここに立てて、俺も嬉しい」

素直な気持ちを口にして、海里は「とにかく、行くか」と言った。

李英が来ると、たちまち「兄貴分」になる海里である。さっきまで感じていた緊張は、今やどこかへ行ってしまっている。

「はいっ」

「へえ、お前も？」

李英のほうは、扉を開けて中に入っていく海里に、いささか硬い表情で続いた。

「あっ、来た来た！」

開店に備え、グラスをせっせと磨いていた店主の砂山悟《さやまさとる》は、海里と、彼の後ろからそっと入って来た李英の姿を見ると、晴れやかな笑顔でカウンターから出てきた。

身長が低い彼は、カウンターの中では踏み台を使っているため、そこから出ると、余計に小柄に見える。

「どうも、五十嵐君。あと、君が里中李英君？」

「はい、はじめまして」

「はい、どうもどうも。五十嵐君からお噂はかねがね聞いてるよ。色々大変だったねえ。無事に会えて嬉しいよ。さ、どうぞどうぞ。五十嵐君、適当なテーブルに座ってて。すぐ行くから」

「あ、はい」

海里は李英を小さく手招きして、奥の客席へと足を向けた。

テーブルにはまだ、逆さにした椅子が載せられたままだ。海里はいちばん出入り口に近いテーブルを選び、椅子を下ろして、李英と共に腰掛けた。

「まだ、倉持先生はおいでじゃないみたいですね」

李英は昼なお薄暗い客席を見回して、ちょっと不安げな顔つきをした。

「そうだな。まさか、楽屋にいるってことはないだろうし。でもまあ、呼び出したからには来るんじゃね？」

「ですよね」

二人が所在なげに待っていると、やがて砂山が、大きめのタブレットを小脇に抱え、もう一方の手にトレイを器用に持ってやってきた。

「お待たせ～」

今日は営業中ではないからか、砂山はトレードマークのへんてこなセーターではなく、ずいぶん昔に流行したブランドのロゴ入りトレードトレーナーを着ている。

トレイの上にはマグカップが三つ載っていて、片手で支えるのはいかにも危なっかしい。海里は慌てて立ち上がると、トレイを引き受けた。

「ありがとね。外、寒かったでしょ。当店、冬の隠れた名物の柚子《ゆず》茶！　うちの庭の柚子で毎年、ジャムを仕込んで作るんだよ」

海里は知っていることだが李英のために説明しながら、砂山はマグカップをテーブルの上にすべて移し、空いた椅子に腰を下ろした。

「さ、召し上がれ。会議の前に、喉《のど》を潤さないとね」

勧められて、いささか戸惑いながらも、海里と李英はありがたく柚子茶を飲んだ。

なるほど自家製だけあって、柚子の香りが素晴らしい。市販品より甘さがぐっと控えめだが、しっかりした酸味と仄《ほの》かな苦みのおかげで、湯で割っても少しも薄くは感じない。

「とても美味《おい》しいです！」

李英の率直な賛辞に、砂山は嬉しそうにただでさえ細い目を糸のようにした。

「気に入ってもらえてよかった。具合はどう？　ここまでタクシーで来たの？」

「あ、いえ、休みながらですけど、ゆっくり歩いてきました。この程度のゆるい上り坂なら、なんとか」

「ああ、そうか。そりゃよかった。悠子さんちに行く坂は、元気な人でもきついからね。あの坂のおかげで、悠子さん、抜群のプロポーションを保ってるんじゃないかな」

そんな軽口を叩きながら、砂山は自分も柚子茶を一口飲んで「旨《うま》い！」と自画自賛し、カップを隣のテーブルに置いた。そして、空き場所に金属製のスタンドを置き、タブレットを横長にして立てる。

「さ、会議を始めようか」

「え？」

海里と李英は顔を見合わせ、そして同時に「リモート！」と声を上げた。

砂山は愉快そうにクスクス笑う。

「そうなのよ。何しろ喘息には埃《ほこり》が駄目だってんだから、今の悠子さんに、ここに出向いて貰《もら》うわけにはいかないからね」

「へえ。オッサンでもリモート会議とか知ってるんですね」

打ち解けた仲なので、海里はフランクな言葉遣いで感心する。

慌てる李英をよそに、砂山は快活に声を立てて笑い、薄い胸を張った。

「そりゃ、これでも元テレビマンだからね。映像についてはまだまだ君たちより詳しいよ。さ、そろそろ時間だ。悠子さんを呼び出そう」

自負の言葉は伊達《だて》でないらしく、砂山は慣れた手つきでタブレットを操作した。やがて画面に、悠子の胸元から上が映る。

『こんにちは。お店までご足労いただいてごめんなさいね、二人とも。それなのに、私だけ自宅で』

さすが朗読のプロというべきか、スピーカーから聞こえる彼女の声は、耳に心地よく聞き取りやすい。

今日の悠子は、月曜日よりしっかりめの化粧をしていて、さすがの美しさだった。首元には、お気に入りのパールのネックレスもつけている。

（こないだよりさらに元気そうだな）

海里はそう感じたが、砂山は残念そうにこう切り出した。

「昨夜、悠子さんとこんな感じで話し合ってね。実は今週だけじゃなくて、二ヶ月ほど、朗読イベントを休む必要が出たそうなんだ」

「えっ？」

自分の印象が見事に裏切られる話の流れに、海里は間の抜けた声を出してしまう。

「ちょっと、先輩！」

だが当の悠子は、極めて冷静に説明した。

『昨日の午前、主治医の先生に診察していただいたんだけど、経過が期待したほど思わしくなくて。今回は、少し長引きそうなの。それで、昔……それこそ「歌のお姉さん」をやっていた頃に無茶な発声で痛めて以来、騙《だま》し騙しやってきた声帯の根本的なケアも、この際一緒にやろうかってことになって』

李英は、「ああ」と実感のこもった相づちを打った。

実はミュージカル俳優時代、李英はやはり未熟な発声が原因で声帯にポリープが出来てしまい、声が変わるかもしれないという恐怖に怯《おび》えながら手術を受けた過去がある。

幸い、そのときはごく小さなポリープだったこともあり、日帰り手術と二週間ほどの「無口な生活」で、元の声を取り戻すことができたが、以来、彼はボイストレーニングに人一倍熱心に取り組むようになった。

(倉持さんほどの人でも、最初は未熟で、無茶をやったんだな。今の朗読は、古傷や持病を抱えて努力し続けた、その結果なんだ)

あらためてそう実感する海里に、悠子はこう続けた。

『結果として、長くお店のステージを空けることになってしまう。あまりに申し訳ないから、降板を申し出たのだけれど……』

すかさず、砂山が勢い込んで話を引き継ぐ。というより、奪い取る。

「ダメダメ、そんなのは絶対ダメだって言ったんだよ。たくさんのお客さんが、悠子さんの朗読を楽しみにしてる。ファンは絶対、待ってくれるさってね」

「俺もそう思います」

「僕も」

二人が口々に同意すると、画面の中の悠子は、嬉《うれ》しそうに微笑んで頷《うなず》いた。

『ありがとう。お店のマスターである砂山さんが待つと言ってくださるなら、それはとてもありがたいことよ。ご期待には応《こた》えたい。でも、最低二ヶ月、あのステージを毎週空けてしまうことには、申し訳なくて耐えられない。そう言ったら、砂山さんが……』

「こんなときのために、可愛い弟子がいるんじゃないか。僕はそう言ったんだ」

「俺っ？」

海里が自分を指さすと、画面の悠子と目の前の砂山が同時に頷く。海里は慌てて片手を振った。

「待ってください。俺にはまだ、あのステージに上がる資格はないです。倉持さんも、いつもそう言ってるじゃないですか」

「君ひとりならね」

「えっ？　あ、まさか」

自分を指していた海里の人差し指が、そのまま李英の胸元に向けられる。

再び、砂山と悠子は同時に首を縦に振った。

「里中君は、もう立派な舞台役者さんなんだろ？」

砂山に問われ、李英は青ざめた顔を引きつらせ、両手を胸の前でバタバタと忙《せわ》しく振った。

「ああいえ！　立派なんてとんでもない！　それに僕、病み上がりでヘロヘロだし、朗読は初心者もいいところで……」

しかし、李英に皆まで言わせず、悠子はキッパリと宣言した。

『そう。二人とも、自分の実力をちゃんとわかっていて、安心したわ。里中君は、病み上がりの朗読初心者。五十嵐君は、役者としてまだまだ発展途上もいいところ。二人を合わせたところで、せいぜい0.7人前といったところかしら』

「二人を」

海里の言葉に誘われるように、李英も呟《つぶや》く。

「合わせて」

そして、最後は砂山が元気よく締めた。

「0.7人前！　それだとお代はいただけない。でも、ギリギリ舞台に立たせてあげることはできると僕は考える。悠子さんはまだ早いって反対したけど、僕はトライしてほしいと思うんだ。悠子さんが抜けた穴を、彼女が戻ってくるまで、二人がかりで埋めてほしい。今日の会議は、そのオファーのためのものだよ」

海里と李英は、無言で顔を見合わせる。それぞれに浮かぶ表情はまったく同じ、驚きと喜び、迷いと不安が入り交じった複雑なものだ。

砂山と悠子を交互に見て、躊躇《ためら》いながら口を開いたのは、やはり「兄貴分」の海里だった。

「李英はともかく、俺はやっぱり……」

だが、砂山は「これはチャンスだよ、五十嵐君」と言った。

「チャンスっていっても、俺がヘマをやって、お店や倉持さんの評判を落とすようなことになったら」

「ならないように頑張ればいい。これでも僕、君に期待してるんだから」

「砂山さん……」

砂山は、おどけた仕草で両手を軽く広げてみせた。

「ずっとテレビの仕事をしてきた僕だよ。たとえばバラエティ番組って、お気軽に適当に作ってると思われるだろうけど、出演する芸能人の組み合わせには、とことん気を遣う。本当に頭が切れる奴、賢いふりをしてる奴、鈍い奴、バカのふりをしてる奴、視聴者と同じ感覚を持ってる普通の人間、セレブ、貧乏人、性悪、善人……そういう連中を上手《うま》く取り合わせないと、視聴者の心に添った、共感して楽しんでもらえる番組にはならない。人を見る目は、十分に持ってるつもりだ。そうだなあ……」

砂山の、柔和なのにどこか鋭い視線は、目の前の若い二人に向けられる。

「僕が見たところ、二人とも賢い。二人とも努力家で、自分に色々足りないことを知っている。そして、二人とも、自信が足りない。自信は無闇に持ち過ぎちゃダメだけど、なさ過ぎてもダメなんだよ。自分が自分を信じて、認めてあげられなくてどうするのって話でね」

今度は互いを見ることなく、同時に頷く。

世間話のように軽い調子ではあるが、砂山の指摘はあまりに的確で、海里と李英の心にグサリと刺さった。

砂山はやはり目だけは怜悧《れいり》なままの笑顔で話を続けた。

「僕はそれを、『謙虚な自信』って呼んでる。それなしじゃ、どんなにいい仕事をしても、お客さんには響かないんだ。だって、演者自身が、自分の仕事を評価してないんだからね。それじゃダメだ。君たちに必要なのは、『これが今の精いっぱいです』って胸を張ってお客さんに差し出す勇気、そうするための自信。それをこのステージで育ててほしいんだよ」

海里も李英も、咄嗟《とっさ》に返事をすることはしかねて、それぞれ黙り込む。

「さっきも言ったけど、お客さんから、朗読イベントとしてのお代はいただかない。最低、ワンドリンク・ワンフードのオーダーをお願いできれば、僕は満足。勿論《もちろん》、悠子さんではなく、君たち二人が舞台に上がるとなると、これまで来てくれていたお客さんの足は遠のくかもしれない。逆に、もともとの君たちのファンが、新たに店に来てくれるようになるかもしれない。僕としては、評判を聞きつけて、いったん遠ざかったお客さんも戻ってくれて、みんながハッピー……っていうのを期待してる」

「そう、なるでしょうか」

なおも心細そうな李英を、「そうするんだよ、君たちが」と砂山は優しく力づける。

「李英」

海里は、低く後輩に呼びかけた。李英は、それに応じて、海里と視線を交わす。

ほんの数秒の沈黙。

相談の言葉はまったくなしで、二人はほぼ同時に砂山を見た。

「やります」

口から発せられた言葉も、まったく同じだった。

砂山の「謙虚な自信」という一言が、二人に目の前の大きな不安と戦う勇気を与えたのだ。

「だってさ、悠子さん！　君は早すぎるって言ったけど、僕はそうは思わない。数回のトライ&エラーはハンディとして僕が貰《もら》うとして、いい勝負になると思うなあ。たぶん、僕が勝つ」

『自信満々ね。私としては、結果がどっちでも複雑よ』

悠子は笑いながら、茶目っ気のある口調でこう言った。

『二人が失敗すれば、私は、やはり私でなくてはと胸を張ってステージに戻れる。でも、二人が成功すれば、誇らしさと同時に、私の帰る場所がなくなるんじゃないかって心配しなくてはならなくなるわね』

「前者はともかく、後者は、俺たちがどんだけ頑張っても無理じゃないかなあ」

海里の正直な言葉に、悠子はますます可笑《おか》しそうに笑い、ちょっと咳《せ》き込んだ。

「ちょ、倉持さん」

『大丈夫。ちゃんと、あなたたちの成功を祈っているわ。私が焦るくらい、頑張ってちょうだい。朗読する作品については……』

「もしかして、『花束をめぐる諍《いさか》い』を、李英と？」

海里は、ずっと取り組んでいる作品の名を怖々挙げてみたが、悠子はそれをキッパリ撥《は》ねつけた。

『いいえ、あれはあなたと私のための作品。そこに安易に手をつけてもらっては困る。淡海先生に合わせる顔がなくなるわ。でも、淡海先生の短編には読みやすいものが多いから、私が選ばないような若向きのものを、二人でやってみたらどうかしら』

悠子の提案に、砂山も賛成する。

「それはいいね。あと、悠子さんには養生に専念してほしいから、リハーサルは僕が担当する。俳優としてじゃないけど、テレビマンとして、二人の仕事をチェックさせてもらうよ」

「よろしくお願いします！」

海里と李英の声が、また見事に重なる。ミュージカル時代の舞台監督とのやり取りを、二人とも自然と思い出したのだろう。

「さすがに今日からは無理だし、来週もちょっと難しいだろう。準備に、二週間あげるよ。だけどそこからは毎週、きちんと舞台を務めてもらう。いいね？」

「はいっ」

背筋をピンと伸ばして返事をする二人に、砂山は穏やかだが厳しい声で言った。

「そうだな。舞台の上では、ひとり二十分あげよう。ひとりずつ使ってもよし、二人一緒に四十分にしてもよし。とにかく、まずは一ヶ月分、どの作品をどんな構成で読むかを決めて、僕に文書で提出して。データで構わないから。そうだな、来週の今日までに。いいかい？」

「はいっ」

二人の返事は、まさに新人俳優のそれだ。新たなチャレンジに胸躍っていることが、ハッキリとわかる声音だった。

『喘息《ぜんそく》がよくなったら、お客さんとして、私も客席に座りたいわ。……砂山さんにすべてを委《ゆだ》ねて、ここから二人を応援しています。頑張ってね』

悠子はそんな言葉で、「会議」を締め括《くく》る。

若い二人は、タブレットの画面に向かって、テーブルに額を打ち付けるほど深く、頭を下げた……。

「じゃ、今夜、お前が晩飯を食いにきたとき、また相談しようぜ」

「はい！　マンションに帰る前に、書店で淡海先生の短編集を何冊か選んで、買ってみます。そこの阪急芦屋川駅《はんきゅうあしやがわ》のすぐ前にある書店さん……大利昭文堂《おおとしょうぶんどう》、でしたっけ。あそこ、入り口に淡海先生作品のちっちゃいコーナーがあったので」

「あ、じゃあ俺の分も、同じのを買っといて！　俺は、急いで店の仕込みに戻らなきゃいけないから。……ホントは、淡海先生の作品、もう全部読んだって威張りたいところなんだけどさ、めちゃくちゃ多作だから、なかなか手が回らなくて。一生懸命読もうと思ってはいるんだけど」

「わかりました！」

弁解まじりの海里の頼みを快諾して、李英は小犬のようにキラキラした目で言った。

「僕、頑張ります。身体のことを言い訳にはしません。約束します」

「言い訳にはしなくていいけど、具合悪いのは、隠すなよ？　絶対、そこは正直に言ってくれ。病み上がりの体調が安定しないのは当たり前だし、フォローし合えるのが、二人でいる強みなんだしさ。俺は頼りないけど、それでも精いっぱい頑張るから」

海里の言葉に、李英は嬉《うれ》しそうに頷《うなず》き、右手を軽く上げる。

ミュージカル俳優時代、舞台袖《そで》ですれ違うときにいつもやっていたように、二人は手のひらを軽く打ち合わせ、それぞれの目的地へと別れていった……。

その夜、午後十一時過ぎ。

「さーて、お客さんも切れたし、今のうちにちょっと掃除すっか。さっき、身振り手振りが元気過ぎて汁椀《しるわん》倒しちゃったお客さんの席、テーブルも床もざっと拭《ふ》いたけど、やっぱまだ気になる」

そう言って、海里は厨房《ちゅうぼう》から出て、勝手口近くの掃除道具置き場からモップとバケツを持って戻ってきた。

「おう、頼むわ。お前とロイドが滅茶苦茶《めちゃくちゃ》手早く動いてくれたから、お客さんに恥かかさんで済んだ。ありがとうな」

小鉢料理の作り足しを始めていた夏神は、海里とロイドを見て礼を言い、それから可笑しそうにくつくつと笑った。

「そやけど、まさか東京ボーイのお前が、『おっとすみません、味噌汁の生きが良すぎたですね』なんちゅう、古典的な関西のギャグをかませるようになるとはなあ」

海里はバケツに水を溜《た》めながら、決まり悪そうに肩を竦《すく》める。

「東京ボーイって。つか、俺は夏神さんの真似してみただけ」

「俺よりキレがよかったで。お前も本格的に関西に染まってきたな！」

「それ、喜ぶとこかなあ。李英は喜ぶかもだけど。あいつ、何でも芝居の糧にするから」

李英の話題が出ると、洗い物をしているロイドの顔がほっこりと緩んだ。

「今宵《こよい》は、里中様、ご飯をお代わりなさいましたね。こちらで夕餉《ゆうげ》を召し上がるようになって、初めての快挙でございました」

夏神も、嬉しそうに同意する。

「そやな。やっぱし、朗読で舞台に立っちゅうんが、張りになっとんのやろ。顔色も、今日はえらいよかった」

「張り切りすぎて、またバテなきゃいいけど。きっとあいつ、短編集を夜通し読もうとするから、そろそろ連絡入れとこ。『もう寝ろよ』って」

李英のこととなると心配性な海里に、夏神とロイドは視線を交わして声を出さずに微笑ましげに笑う。

「お兄ちゃんの面目躍如やな」

「そこまでじゃねえし。つか、夏神さん。こないだ相談したことだけど」

ふと真顔になった海里に、夏神もまた笑いを顔から消し、「ああ」と頷いた。

「店に、倉持さん夫妻を招きたいっちゅう話やったな。勿論《もちろん》、俺としては大歓迎や。お前が世話になっとるお礼も言いたいことやし」

「あのさ、こないだ、イチゴタルト買ってきてくれたときにも言ったけど、別に、この店とは関係ないことだから、夏神さんがお礼を言うことじゃ……」

「アホ。俺は、ただの雇い主やない。お前の師匠のつもりやぞ」

「あ……う、うん」

「弟子が世話になっとったら、それが朗読の先生やろうと、美容院の兄ちゃんやろうと礼を言う。それが師匠っちゅうもんや」

「夏神さん。……その、サンキュ」

「それこそ、お前が礼を言うこと違うわ」

照れ隠しにぶっきらぼうな言い様をして、夏神は店内を見回した。

「飲食店やから、たとえボロ家でも、掃除はどこよりも丁寧にやっとる。お客さんに喘息持ちも何人かおるけど、咳《せき》が出てたまらん言うた人はおらん。お招きするんやったら、なお丁寧に掃除する。そやから、よかったら来ていただけ。この週末とか、どや？　善は急げっちゅうし。いつでもええけども」

「じゃあ、今夜はもう遅いから、明日《あした》の昼前にでも訊《たず》ねてみる」

「おう、そうせえ。そやけど、何を作っておもてなししたらええやろなあ」

海里は、食卓で寂しげな顔をして座っていた、倉持夫妻のひとり息子、拓己のことを思い出しながら言った。

「こないだ話した、グアムの海で溺《おぼ》れ死んだ倉持さんの息子さん……拓己さんの好物とか、どうかと思うんだよ。ロイドの力を借りて、どうにか、倉持さんと息子さんを『仲直り』させてあげたい。きっと息子さんも、それを望んでるんじゃないかと思うんだ」

夏神は頷きつつ、眼鏡をかける仕草をしてみせる。

「ロイドをかけたら、倉持さんにも見えるんか、その、息子さんの幽霊？　今は、見えてへんのやろ？」

「うん。見えてないし、感じられてないみたいだ。倉持さんも、繁春さんも。でもたぶん、ロイドの助けがあれば……」

「そやな、霊感控えめな俺でも、ロイドをかけたら見えることがようあるもんな。ロイドのほうは、大丈夫なんか？」

ロイドは、いつもの仕事、洗い物をしながら、笑顔で頷く。

「勿論でございます。海里様に、定期的にメンテナンスしていただいておりますから、なんと美しい眼鏡かと、倉持様に讃《たた》えていただく準備は整っております」

「あ、いや、そういうこっちゃのうて……いや、まあええか」

呆《あき》れる夏神に気づかず、ロイドは誇らしげに言葉を継いだ。

「それに、夏神様が師匠として倉持様に感謝しておられるように、わたしも僕《しもべ》として、倉持様に感謝申し上げたいと常々思っておりますので」

「……何だよ、俺、滅茶苦茶過保護にされてる子みたいじゃん」

実際そうなんだけど、と口の中でモゴモゴ言いつつ、そのくせ嬉しそうな顔で、海里は床をモップでゴシゴシと擦《こす》る。食べ物の汚れは、時間がたつとこびりついて落ちにくくなる。すぐに拭き取ることが大切なのだ。

「今日の定食、みんな『スコッチエッグ』なんて知ってっかなって心配したし、実際、『なんやそれ』って言うお客さん多いけど、みんな食べたら気に入ってくれて、よかったね」

海里にそう言われて、夏神はホロリと笑った。

「亡き師匠の得意料理やったからな。あのグローブみたいに分厚い手ぇで、ゆで卵に挽《ひ》き肉をそうっと纏《まと》わせる手つきが、何とも優しいてな。小鳥を撫《な》でるみたいやった。あれを思い出して、手ぇかかるけど、久々にやってみとうなったんや」

それを聞いて、海里はついでとばかり店内の床を全体的に拭きながら、ふと昼間、スコッチエッグを仕込んでいた夏神の姿を思い出す。

黄身が流れるほどの半熟卵を作って氷水で急冷し、注意深く殻を剝《む》いて、冷蔵庫でとことん冷やす。

その後、合挽肉で肉だねを作り、これも冷蔵庫で冷やす。

冷えた半熟卵を冷えた肉だねで包み、衣をつけて、油で揚げる。そんな、いつもより煩雑な調理工程が必要な料理を、夏神は忙しいながらも丁寧に、楽しげに作っていた。

「卵とろっとろを楽しんでほしいんで、すぐ召し上がってください！」

普段なら「ごゆっくりどうぞ」と言うべきところを、今夜に限ってはそんな台詞《せりふ》で客を急《せ》かすたび、海里もワクワクしていた。

大きなごろんとしたスコッチエッグを箸《はし》で割った瞬間、どの客も「わー！」と歓声を上げるのが、楽しくて仕方がなかったのである。

夏神もまた、厨房から、そんな客の反応を嬉しそうに眺めていた。

「夏神さんの手も、優しかったよ。小鳥じゃなくて、モルモット撫でるみたいだったけど」

「さよか」

海里のからかいに、夏神は何か本格的に言い返そうとしたとき、厨房の中にある電話が鳴った。夏神は、すぐに行って受話器を取る。

「お電話ありがとうございます、『ばんめし屋』……ああ、先生。どないですか、最近は。はあ……そらよかった。はい、はい、はい……？」

夏神は、受話器の送話口を大きな手で塞《ふさ》ぎ、振り返って海里に呼びかけた。

「おい。淡海先生が、あり合わせでええからサンドイッチが食べたい言うてはんねんけど、お前、何ぞ作れるか？　俺よりお前のほうが、きっと先生のお好みに合うお洒落《しゃれ》な奴が作れるやろ」

海里は面食らって、モップをテーブルに立てかけた。

「サンドイッチ？　いやまあ、パンはコンビニに買いに走ればいいし、何とかなると思うけど？」

「よっしゃ。ほな、頼むわ今すぐ。出前やて」

夏神は、カウンターの中から、海里に向かって小銭入れを放り投げた。

「オッケー！」

海里はそれを受け取ると、モップを手に勝手口へ向かった。掃除道具を片付け、壁に掛けられた自分のコートをエプロンの上から羽織る。

外へ出て行くその背中を見送り、夏神は再び送話口から手を離した。

「ほな、たぶん三十分後くらいにイガが伺います。はい、どうも」

受話器を置いた夏神は、定食用の大きな皿を、ゴム手袋をはめて一枚ずつ丁寧に洗っているロイドに声を掛けた。

「あんましイガを子供扱いしたらアカンし、淡海先生をいつまでも疑うのもようない。そやけど、師匠には弟子を守る義務があるからなあ。出前、ついていったってくれや」

「はい?」

訝《いぶか》るロイドに、夏神は、他に誰もいないのに抑えた声で言った。

「イガは、でかいチャンスをもろて大事なときや。言うたら何やけど、小説家の好奇心で、要らんこと言うたりされたりしても困る。……お前やから正直に言うんやけどな。俺はそれを心配しとるんや。そやけど、無茶はすなや?」

夏神の真意を知ったロイドは、ニッコリ笑って、手袋の手でベストの胸を叩《たた》く真似をした。

「お任せください。この眼鏡、非力ではございますが、主《あるじ》をお守りする気概だけは溢《あふ》れんばかりにございます」

「おう。まあ、ヤバそうな流れになったら、イガに『いったん帰ろう』て囁《ささや》いてくれるだけでええからな。お前の言葉には、長《なご》う生きとるだけあって、説得力があるから」

「なんとありがたいお言葉。胸、いやセルロイドに刻みます」

「いや、セルロイドに傷はつけんとき」

店に残った二人がそんな会話をしているとはつゆ知らず、海里は食パンを求め、最寄りのコンビニエンスストアにスクーターを走らせていた……。

「あっ、いらっしゃい。ごめんよ、少しずつ家に手を入れているんだけど、門扉から玄関までのルートは、まだジャングルでね。植木屋さんを頼んだものの、大忙しらしくて、当分来られないんだってさ」

勝手口で海里を迎えた淡海五朗は、恥ずかしそうに頭を掻《か》いてそう言った。

売れっ子作家の彼は、一時、メディア露出が増えて東京に拠点を移していたが、今は伯父《おじ》から受け継いだ自宅を守りつつ執筆に集中するため、もっぱら芦屋に滞在しているようだ。

海里は気の毒そうに、淡海に挨拶《あいさつ》を返した。

「お邪魔します。てか、大豪邸だから、手を入れるっていってもそういっぺんにはできないでしょう」

「そうなんだよねえ。だけど、庭だけは冬のうちに何とかしないと、このまま春になったら、さらにジャングルに拍車がかかっちゃうからね。無理押ししてどうにか来てくれないかって、お願いしているところなんだ。ときにごめんね、我が儘《まま》言って。小説を書いていたら、ちょうどキャラクターがサンドイッチ食べるシーンでさ。僕も凄《すご》く食べたくなって、でもコンビニの奴とかじゃなくて、誰かが作ってくれたのを食べたくてさあ。

さ、どうぞどうぞ」

淡海に促されるまま、海里は家の中に入った。

勝手口はキッチンの一角にあるので、そのまますするっとシンクへ行き、手を洗って、配膳《はいぜん》に取りかかる。もはや、「勝手知ったる人の家」である。

「お茶淹《い》れようね。サンドイッチだから、コーヒーがいいかな」

「俺は食べないですよ。店、営業中なんで」

「わかってるよ。でも、コーヒー一杯くらい飲んでいきなよ。寒い夜だし」

そう言って返事を待たず、淡海は電気ケトルに水を入れ、スイッチを入れた。

海里は適当に出した皿に、ほんのり温かいサンドイッチを盛りつける。

「保温バッグに入れてきたんで、まだ冷えてなくてよかったです」

「あっ、じゃあ、すぐ食べる！」

本当に空腹だったらしい。淡海は海里から皿を受け取ると、調理台にそれを置き、立ったままサンドイッチを頬張った。肉の削《そ》げた頬が、篳篥《ひちりき》でも吹いているのかと思うほどパンパンに膨らむ。

「旨《うま》い！ ちょうど、トーストした温かいサンドイッチが食べたかったんだよ。以心伝心だなあ。ところで、これ、何が挟まってんの？ 凄く旨いけど。トマトと……」

「あり合わせなんで、冷蔵庫にあったトマトと、『かけちー』と……」

「何それ？」

「神戸《こうべ》のチーズ屋さんが開発した、やたら旨いチーズですよ。こうミックスシュレッドチーズの類《たぐい》で。最近、俺たち凝ってるんです」

「へえ。確かにマイルドで美味《おい》しい」

「でしょ？　サンドイッチ、二種類あって、今先生が食べてるやつは、トマト卵炒《いた》めにかけちーちょっとのっけた奴。もうひとつは、茄子《なす》の照焼とベーコン」

「そっちも旨そうだ」

「……コーヒー、俺が淹れますね」

ガッガッとサンドイッチを頬張る淡海は、「ほむ」と、不明瞭《ふめいりよう》な返事をする。おそらく、「うん」と言ったのだろう。

たちまち分厚いサンドイッチを二きれ平らげた淡海は、フィルターでコーヒーを淹れている海里にこう言った。

「コーヒー、ポタポタ落ちてる間に、君に見せたいものがあるんだけど。二分で終わるから、二階に一緒に来てくれないか？」

『海里様！　油断は禁物でございますよ！』

さっき、夏神から「使命」を受けたロイドが、さっそく警告を発する。

「あ？　ガキじゃねえんだから、階段から落ちたりしねえよ」

警告の意味を完全に勘違いした海里は、早口でそう囁くと、もう廊下に出て行く淡海を小走りで追いかけた。

「たらーん！　どう？」

二階の一室の扉を開け放ち、淡海は西洋風の自前の効果音と共に、室内を海里に示した。

灯《あか》りが煌々《こうこう》とついた八畳ほどの窓のない室内を見回し、海里は首を捻《ひね》る。

「……どうって、何もないですね、この部屋」

その薄いリアクションに、室内に踏み込んだ淡海は、ガッカリした様子で言い返す。

「えぇー？　よく見てよ。あるだろ。バーに鏡に、でっかいスピーカー！」

「それは、はい。……ってか、これ、もしかして」

ハッとする海里に、淡海はようやく満足げな笑顔になった。

「そう！　レッスン室！　フォー・ユー！」

「ふぉーゆー……って、は？　俺？」

淡海は得意げに、両腕を広げてみせた。

「うん。ここ、前に伯父の書庫だった部屋なんだ。本を処分した後、どう使おうかと思ったんだけど、書庫だけに窓がないだろ。防音室にしたら、君のレッスン用にぴったりだと思って。で、真っ先にこの部屋をリフォームした」

唖然《あぜん》とする海里に、淡海はチェシャ猫のような笑顔を見せた。

「非常階段をつけたから、外から直接出入りできる。いちいち僕にことわらなくても、好きなときに、いつだって使ってくれていい。飛び跳ねても怒鳴っても、ご近所迷惑にはならないし、僕が寝ていたとしても聞こえない、はず」

「でも……俺のためにそこまで。まさか、まだ罪滅ぼしとか考えてるんじゃ？」

喜ぶよりむしろ困惑する海里に、淡海は照れ臭そうに頷《うなず》いた。

「ま、それもなくはない。でも、純粋に、君を応援したいんだよ。小説家として、一度はモデルにした君が、羽ばたいていく姿を見届けたい。それがどんな方角であってもね」

「淡海先生……」

「今日、悠子さんに聞いたよ。里中李英君と、朗読の舞台に上がるそうじゃないか。君たちがここを練習に使ってくれて、たまに見学させてくれたら、君たちをモチーフに、舞台用の短編が書けそうな気がする」

「マジですか！」

「悠子さんが、いいって言ってくれたら、だけどね。勝手なことしたら、引っぱたかれそうだから」

冗談まじりでそう言って、淡海は海里の手首を摑《つか》んで手のひらを上向かせ、そこに小さな鍵《かぎ》を置いた。

「これ、出入り口の鍵。大切に持っていて。君のものだ」

「ホントに……いいんですか？」

「いいとも。だって、朗読の稽古《けいこ》をするにも、あの店の二階やマンションの一室じゃ、思うような声を出せないでしょう。いつ、君にこの部屋を明け渡そうかと思ってたんだけど、今夜が絶好のタイミングだと思ってねえ」

それはまさに、海里と李英が大いに頭を悩ませていたことで、淡海が抜群の解決策を提示してくれたことで、最大の問題が一気に解消されてしまった。

「あの……すっごく貰《もら》いすぎだと思うんですけど、でも、出世払いで！　たぶん俺より先に、李英が払うと思います。いつかは、俺も！　ありがとうございます！」

海里がやっと喜びの表情を見せたことに、淡海はとても安堵《あんど》したらしい。うんうんと笑顔で笑い、もじゃもじゃしたくせ毛を片手で撫《な》でつけながら、「何を払ってもらえるのか、楽しみにしている」と応じた。


それから三日後、土曜日の午後六時半。

「んもう、五十嵐君の人徳と言えばそうでしょうけど、淡海先生は、あなたをちょっと甘やかし過ぎよね。……ホントは、私も自分のレッスン室をあなたたちに貸してあげようかと思っていたから、人のことは言えないんだけど」

悠子のそんな照れ隠しの交じった告白に、愛用のペティナイフを持ったエプロン姿の海里は、笑顔で礼を言った。

「ありがとうございます」

「結局、淡海先生があなたと里中君専用のレッスン室を用意してしまわれたんだから、私にお礼はいいわ。というか、私がお礼を言わなくちゃ。今日は来てくださってありがとう、五十嵐君。わざわざ申し訳ありません、マスター……夏神さん、でしたっけ」

「いや、こちらこそ、出張料理を頼んで貰えるような店違《ちゃ》いますのに」

夏神は、いささか恥ずかしそうに、かつ居心地悪そうに、広い肩を縮こめた。

そう、今、夏神と海里がいるのは、倉持邸の広々したキッチンなのである。

最初は、倉持夫妻を「ばんめし屋」に招こうと考えた海里だが、悠子に打診してみたところ、あっさり断られた。

「今、寒いでしょう？　外に出ただけで咳《せき》が出ちゃうのよ。だから、ご迷惑をおかけしてしまうわ」

悠子はそう説明して、反省しきりの海里に、「でも、もしマスターとあなたが、我が家でご馳走《ちそう》を作ってくださるなら……是非、お願いしたいわ」と切り出したのである。

恐縮しながらもその依頼を受けた夏神は、海里と共に、下拵《したごしら》えを済ませた食材をクーラーボックスに詰め、倉持邸を訪れたというわけだった。

悠子も繁春も、実は出張料理を頼むのは初めてらしく、二人して興味津々でキッチンの入り口に立ち、夏神と海里の作業を見学している。

「倉持さん、座っててくださいよ。飯食う前に、疲れちゃいますよ」

リビングへ行っていてくれと言っても、頑固な悠子が聞き入れるとは思えない。海里は諦《あきら》めて、キッチンのスツールを持ち出し、悠子に勧めた。

「プロの料理人の仕事を間近で見られる、絶好の機会ですもの。役者としての勉強のうちよ」

そう言って、悠子は熱心に夏神の動きを見つめている。

「イガ、そろそろオーブン予熱しといてくれ。ほんで、ロイド……は、おらんのやった」

夏神は苦笑いした。

いつもなら、楽しげに二人の手伝いに励むロイドだが、今日は、いない……ことになっている。言うまでもなく、海里のエプロンの胸当ての下、間違っても熱源に触れたり熱い液体がかかったりしないよう、シャツの胸ポケットの中に眼鏡の姿で収まっている。

彼には今夜、大切な任務があるので、料理の手伝いなどせず、暖かなポケットの中で待機しているべき、と海里が強く主張したのだった。

『お手伝いしたいのはやまやまなのですが』

「いいから。黙ってくつろいでろ」

恨めしそうに訴える眼鏡に小声で言い返し、海里はオーブンの前にしゃがみ込んだ。

「わー、これ、料理研究家の先生んちに番組の取材で行ったときに見た、ドイツのたっかいオーブンだ！　あっ、よく見たら食洗機もそうじゃん。凄《すご》いなあ」

「五十嵐君、うちの、そのドイツのオーブンていうんは、凄いんか？」

悠子の横に立った繁春が、興味津々で訊《たず》ねてくる。海里は彼を見て、半ば膨れっ面で答えた。

「超プレミアムな調理家電ってやつですよ。もしかして、知らずに据えたんですか？」

繁春は悠子と顔を見合わせ、「うん」とあっさり頷いた。

「この家を設計してくれた人にお任せで選んでもろたから。よう知らんねん」

「私もあんまりメーカーには詳しくなくて。オーブンなんて、火が通ればそれでいいでしょう？」

「くううう！　これだからセレブは！　うわっ、庫内、でけえ！　中、三段になってる！　俺が丸焼きになれそう」

海里はオーブンの扉を開き、中に入ってる天板やラックを取りだしながら、驚きの声を上げた。

そんな弟子を、夏神はやんわりと叱る。

「おい。他人様《ひとさま》の家電をあれこれ言うとらんと、はよせえ」

「はーい。芸能人時代に、こいつの使い方を教わっててよかった。ねえ、夏神さん、クッキングペーパーか、アルミホイル持ってきた？」

「おう、どっちもあるで」

「じゃ、ちょっと使うね」

オーブンの予熱をセットした海里は、大きな天板を一枚調理台に置いて、アルミホイルで覆い始めた。

「お、気が利くやないか」

「芸能人の頃、現場にケータリングが来たりしてたからさ。そういう人たちの現場調理のやり方とか、ちょっと覚えてた。こうすると、天板を焦げ付かせたりしないから、片付けが簡単になるんだ」

「なるほどなあ」

感心しつつ、夏神は鍋《なべ》でぐらぐら茹《ゆ》でていたマカロニを一本食べてみて、満足げに頷いた。

「ええ具合や。ほな、そろそろ焼こか」

シンクで湯を切ったマカロニを、夏神は別鍋で弱火で温めていたソースの中に投入した。

そう、今夜の献立のメインは、マカロニグラタンである。

出張料理を引き受けることになったとき、海里がリクエストを訊ねると、真っ先に悠子が口にしたのが、マカロニグラタンだった。

なんでも、家では滅多《めった》に作らなかったが、今はもうない、近所の行きつけのレストランのマカロニグラタンが家族三人の大好物だったそうで、それならばと、夏神が思い出の味の再現に挑戦したのである。

幸い、夏神は若い日、洋食屋で料理人としてのキャリアをスタートさせたこともあり、マカロニグラタンの作り方は、師匠の船倉和夫から厳しく仕込まれた。

残念ながら「ばんめし屋」のテーブルには上らないが、実は夏神にとっては得意料理の一つでもある。

象牙《ぞうげ》色のとろりとしたベシャメルソースの中には、既に具材がほとんど入っている。チキンと海老《えび》、タマネギ、しめじ、コーン、細かく切ったカリフラワー……かなり具だくさんだが、悠子と繁春の記憶に従って揃えたものだ。

鮮やかな緑色を損なわないよう、最後に茹でたほうれん草をソースに加え、マカロニを混ぜ込んでざっくり和《あ》えると、夏神は持参の大ぶりなグラタン皿にたっぷりと盛り分けた。

その作業を横目で見ながら、海里は自分に任されたサラダの仕上げに取りかかった。

これも、くだんのレストランで、マカロニグラタンと共にいつもオーダーしていたという、「トマトまるごとサラダ」である。

悠子によると、湯むきしたトマトの中をくり抜き、そこに爽《さわ》やかな酸味のあるソースで味付けした蟹《かに》肉とアボカドがたっぷり詰めてあったそうだ。

夏神と海里は幾度か試作を繰り返し、市販のマヨネーズにギリシャヨーグルトとレモン汁を足してソースを作り、ほぐしたズワイガニの脚肉と小さなサイコロ状にカットしたアボカドを和えることにした。

トマトの下処理は済ませてきたので、中に詰める具材を手早く用意して、真っ赤なトマトの中に詰めていく。

具材を詰めたほうを下にして皿に載せると、皮を剝《む》いたトマトが、まるでベルベットを張った小さなドームのように見えて、何とも美しい。上からオリーブオイルを少々垂らし、バジルの葉を飾れば、たちまちシンプルで美しいサラダの完成である。

マカロニグラタンは、二百度に予熱したオーブンで十分ほど焼けば、皿の縁に近い部分でソースがぶくぶくと泡立ち、表面に散らしたパン粉とチーズがこんがりと色づく。

大食家ではない夫妻にとっては、この二品で夕食としては十分なボリュームらしい。

倉持夫妻にはリビングへ移動してしばし待ってもらうことにして、海里は料理をテーブルに運んだ。

サラダとグラタンをランチョンマットの上に並べ、あらかじめオーダーを聞いていたとおり、飲み物を満たしたグラスとカトラリーもセットする。

「これでいいな。……ロイド」

海里が小声で呼びかけると、ロイドはすぐに応《こた》えた。

『おいでになります』

それを聞いて、海里はシャツの胸ポケットから眼鏡姿のロイドを抜き出し、素早くかけてみた。

(いた!)

肉眼では何も見えないが、ロイドの力を借りると、レンズ越しに、先日と同じ席にうっすら透けた拓己の姿が見えた。

「倉持さんのためにも、拓己さんのためにも。たとえ拓己さんが話せなくても、二人が仲直りできるように手伝いたいんだ。ちょっとだけ、お節介を許してほしい」

海里が小声で語りかけると、拓己は悠子にそっくりな目で海里を見て、ゆっくりと頷《うなず》いた。

海里も頷き返し、エプロンの裾《すそ》を引っ張って、身なりを整えた。

そして、少し気取った声で、「お食事の支度ができました！」と、リビングの二人に声を掛けた……。


「なんだか、魔法みたい。こんな感じだったって思い出して話しただけで、あのお店の味にこんなに近づけてしまえるなんて」

それが、マカロニグラタンを一口食べた、悠子の感想だった。繁春も、大いに賛同する。

「ホンマやな。あの店がなくなってから、もうこの味は二度と口にできへんと思うてたのに。いやあ、こら驚いた。プロっちゅうんは凄いもんですな」

テーブルのそばに控えて、二人の感想を聞いた夏神は、ホッとした様子で頬を緩めた。

「いや、同じ料理人なんで、何とのう加減がわかるんです」

「夏神さんは、洋食屋で修業したんで！　ほな、自分はデザートの用意をしてきます」

「要らんこと言わんでええ。ほな、自分はデザートの用意をしてきます」

口を挟んだ海里をジロリと睨《にら》みついでに、「あとは上手《うま》くやれ」と視線で伝え、夏神はキッチンへと戻っていく。

「わあ、これ！　これよ！　宝探しみたいなこれ！」

小声ではあるが、弾んだ調子で悠子がフォークの上に載せたのは、一粒の甘栗だった。

夏神も海里もグラタンに入れたことのない具材だが、悠子の「一粒だけ、甘栗が忍ばせてあって、それがまたアクセントになって美味《おい》しいの」という記憶に従って、ランダムな場所に入れておいたのである。

「懐かしい。拓已はこの甘栗が大好きで、いつも私の栗をあげていた。本当は私も食べたかったけど、息子の喜ぶ顔に勝るものはなかったのよね」

そう言って溜《た》め息をついた悠子は、自分の隣の席を見た。

夫妻の亡き息子、拓已が生前、毎日座っていたその席には、例の小さな貝殻にサービスするように、一人前ずつ、サラダとマカロニグラタンが供されている。

その、手をつけられることのないグラタンの上に、自分の甘栗をそっと載せ、悠子は静かな溜め息をついた。

「まさか、息子の分まで用意してくださるなんて。驚いたけど、嬉《うれ》しいわ。まるで、息子が生きていた頃、あの店で、三人で食事をしたときのような気持ち」

繁春も、しみじみと言った。

「ほんまやなあ。なんや今夜は、拓已がここにおるような気さえするわ」

（いるんですよ……）

ロイドのレンズを通した海里の瞳《ひとみ》には、自分の席に座り、寂しそうに両親を見ている拓己の姿が映っている。たとえ椅子の背が透けて見えるほど気配が薄らいでいるとしても、彼の魂は確かにこの家の中にいて、突然自分を失って悲しみに沈む両親の姿を、つらい想いで見守り続けてきたのだ。

今、思い出の料理が並ぶこのテーブルで、再び三人に家族の絆《きずな》を取り戻してほしい。

その一心で、海里は勇気を振り絞り、まずは繁春に声を掛けた。

「あの。お願いがあります」

「お？　何や？　このグラタン、店で出したいとか？」

「あ、いえ、そうじゃなくて。凄《すご》く変なことをお願いするんですけど、俺が今掛けてるこの眼鏡、ちょっと掛けてみてもらえませんか？」

「そら、ホンマに変なお願いやなあ。なんでまた？」

「理由は聞かずに。ちょっとだけでいいんで」

繁春は、おどけた調子で「かなんなあ」と言いつつ、かなり本気で閉口した様子だった。しかし、海里が真顔で頼み込むので、薄気味悪そうにしながらも、「ほな、ちょっとだけな」と言って眼鏡……ロイドを受け取り、無造作に丸っこい鼻の上に載せた。

「ほい、掛けたで。似合うか？」

海里はその軽口には応じず、ただ、拓己の席を片手で示した。眼鏡を外してしまったので、今の海里には、拓己の姿は見えない。だが……。

(見えてくれ。頼む……！　家族の心を結びつける懐かしい味が、魔法を掛けてくれ！)

祈るように見つめる海里の視線の先で、「何やねんな。これ、度ぉ入ってへんやんか」と困ったように言っていた繁春が、鋭く息を吞《の》んだ。

「拓己……？」

その口から、掠《かす》れ声が漏れる。

（見えた！）

海里は思わずキッチンにいる夏神を見た。様子を窺《うかが》っていた夏神も、思わず力強いガッツポーズをする。

悠子は、怪訝《けげん》そうに夫と海里の顔を交互に見た。

「繁春さん？　拓己が、どうかしたの？」

繁春はやや荒い呼吸をしながら、動揺を隠そうともせず海里を見た。

「五十嵐君、これはいったいどない……」

「倉持さんにも」

海里は、短くそう言った。繁春は震える手でゆっくりと眼鏡を外し、「外したら見えへんようになった」と呟《つぶや》きながら、それを妻に差し出した。

「掛けてみ」

「えっ？」

「ええから！」

いつもは大声を出したりしない繁春に強い調子で促され、悠子はいかにも渋々、自分の顔にはいささか大きすぎる眼鏡を掛けた。

そして、夫が指し示す、息子のための席を見た瞬間、彼女の喉《のど》からヒュッと笛の音のような鋭い声が出た。

そのまま咳《せ》き込みつつも、彼女の視線は、おそらく見えているはずの、息子の幽霊から片時も離れなかった。

「たく、み」

どうにか咳《せき》を鎮めた悠子の唇から、震えを帯びた声が発せられる。

「どうして……あなた、生きて……いえ、違うわね」

悠子は息子の身体に触れようと怖々手を伸ばし、そして怯《おび》えたように引っ込めた。

「触ることができない。拓己、あなた、そんなに透けて……」

立ち上がり、動揺する妻の肩に手をそっと置いて、繁春は海里を見た。

「いたずらやら、ドッキリとは、違《ちゃ》うんやね？」

海里は真剣な面持ちで、即座に否定する。

「俺も、上手く説明する自信はないです。でも、どうしても拓己さんの存在に気づいてほしくて、眼鏡、掛けてもらいました。それを掛けると、幽霊……もう身体がなくなって、魂だけでこの世に残ってる人の姿が、少し見えやすくなるんです」

繁春は、信じられないものを見るような顔で海里を凝視する。

「君は……ここに拓己がおるんを知っとったんか？」

海里は頷く。

「この前、ここに弁当を持って来たとき、気づきました。信じてもらえるかどうかわかんなかったし、もしかしたらどうかしてるって思われるかもしれない。悪戯《いたずら》だと思われて怒られるかもしれない。倉持さんに、もうレッスンしてもらえなくなるかもしれない。……滅茶苦茶《めちゃくちゃ》怖かったですけど、でも、倉持さんに、卵焼きをまた食べられるようになってほしかったんです。息子さんと、もう一度、ちゃんと会ってほしかった」

大切な人とわかり合えるのは、とても幸せなことだから。

最後にそっと付け加えて、海里は審判を待つ罪人のような心持ちで項垂《うなだ》れた。人の心を弄《もてあそ》ぶなど、繁春と悠子に詰《なじ》られても仕方がない。その覚悟はできている。

だが、海里に、ロイドの声ならざる声が聞こえた。

『拓已様は、倉持様と見つめ合っておいでです。微笑んで』

ロイドを悠子に貸してしまったため、自分では状況を把握できない海里のために、ロイドが説明を試みてくれたのだ。

(拓已さん、ご両親に見つけてもらえて、気づいてもらえて、喜んでるのか。それだけでも、よかった……)

海里が少し胸を撫《な》で下ろしたところで、繁春はおずおずと悠子に手を差し出した。

「もういっぺんだけ、眼鏡、貸してくれんか、悠子さん」

「……」

じっと息子の顔を見つめていた悠子は、ハッと我に返って、それでも名残惜しそうに眼鏡を外し、夫に差し出した。

「すぐ返す」

そう言って、繁春は眼鏡をかけ、悠子の傍らに立って、傍目《はため》には誰もいない椅子を見下ろした。

『拓己様は、父君とも見つめ合っておいでですよ。とても穏やかな、よいお顔です』

ロイドのそんな描写が間違っていない証拠に、繁春もまた、切なげに涙を浮かべ、それでもどこか安堵《あんど》した様子で口を開いた。

「拓己。お前の身体、船でバラバラにされて、サメやらなんやらに食われて、自然に還《かえ》ってしもうたんや。僕が持ち帰れたお前のお骨は、ほんのちょっとやった。お前の死に顔、僕も悠子さんも、知らんのや。お前がどんな苦しそうな顔であの世に行ったんやろうて。想像するだけで、悲しゅうて苦しゅうて、ならんかった。そやけど……」

繁春の肉付きのいい頰に、一筋、涙が流れる。

「お前は今、優しい顔をしとる。なんでや。海で溺《おぼ》れたとき、苦しかったやろう。悔しかったやろう。なんで、そない穏やかな顔を……」

「……あ」

海里は、微《かす》かな驚きの声を上げた。

拓己のランチョンマットに置かれた、あの小さな白い貝殻が、ふわっと持ち上がったのだ。

『拓己様が、貝殻を指先で持ち上げておいでです。つまり……』

「その貝殻を、僕が見つけたから。そう言うとんのか？」

繁春の目から、新たな涙がこぼれ落ちる。

「お前、やっぱりそこにおったんか。僕は、ちゃんとお前を連れて帰れたんやな。この家に。僕と悠子さんのもとに」

繁春の言葉を裏付けるように、貝殻はそっとランチョンマットの上に戻る。

「よかった。僕はずっと、お前をグアムの海に盗《と》られたみたいに感じとった。そやけどお前は、僕と一緒にここに帰っとったんやなあ。よかった」

何度もよかったと繰り返す夫の泣き顔から、悠子は優しく、しかしやや強引に、眼鏡を取り上げた。そして、すっくと立ち上がった。

「拓己。お願い、少し待っててね」

そう言うと、彼女は眼鏡を掛けたまま、キッチンへと足早に向かう。

「ごめんなさい、少しだけ、場所を譲っていただけます？」

悠子にそう言われて、夏神は何を問うこともなく、スッと脇へどいた。

彼が向かっていた調理台にはデザートではなく、開封済みの卵のパックと小さなボウル、計量スプーン、それに菜箸《さいばし》が用意されている。

「なんだか、今夜はとことん素敵な魔法に掛けられているみたい。必要なものが、もう出してあるなんて。ありがとう」

悠子は微笑んでそう言うと、エプロンすらつけず、料理を始めた。

ボウルに卵を三個割り入れたところで、使い込まれた卵焼き器を火にかけ、米油を垂らす。

そして卵のほうにはきび砂糖を大さじ一杯と白だしを小さじ一杯量り入れ、菜箸でざっと混ぜる。

完全に手順が確立されていることがわかる、無駄のない動きだ。

静かに隣にやってきた海里に、悠子は懐かしそうに言った。

「中学、高校と、拓已は毎日、お弁当を持っていったの。必ず、この卵焼きが入っていないとダメだった。他におかずがなければ、卵焼きを一本丸ごと、どーんと入れておいてくれればいい。そんなことを言うくらい、大好きだったのよ」

懐かしい思い出を語りながらも、悠子の手は素早く動く。

卵焼き器から余分な油を拭《ふ》き取ると、卵の半量をジャッと注ぎ入れ、まんべんなく広げて、ゆったりと大きく卵を掻《か》き混ぜる。

いちばん上の層が半熟くらいになると、端からくるくると巻いていき、油を引き直して、残りの卵を入れ、また巻いていく。

いちばん外側には軽く焼き色をつけて香ばしく仕上げ、瞬く間に美味《おい》しそうな卵焼きが出来上がった。

旨《うま》そうです、と感想を言おうとして、海里はふと口を噤《つぐ》み、後ずさった。

いつの間にか、拓已が音もなく、自分の隣に来ているのに気づいたからだ。

（ああ、眼鏡がなくても、もう見える。ご両親に気づいてもらえて、少し力が戻ったのかな）

どうやら繁春にも、今は眼鏡なしで我が子の姿が見えるらしい。

キッチンの入り口でいつもの温かな笑みを浮かべている彼に、海里は囁《ささや》いた。

「見えてます？」

繁春は、ゆっくり二度、うんうんと返事をした。

「うん。ああ、嬉《うれ》しいなあ。拓已は僕らと一緒におってくれたんか。僕らが気づくんを、待っててくれたんやな」

「……はい。あの、繁春さんも、二人の傍に行けばいいのでは？」

海里はそう言ったが、繁春は笑ってかぶりを振った。

「これが、いつものポジションやねん。卵焼きを焼いてる悠子さんと、端っこを狙っとる拓已を見るんが、僕は好きやった」

繁春の視線を追いかけるように、海里も母と息子の姿を見守る。

「ねえ。こんなに早く焼けるのに。どうして私はあの朝、これを焼いてあげなかったんだろう。大学に入って、お弁当がなくなって、拓已が卵焼きを食べたがるのは久しぶりだったのよね。それなのに、私ときたら」

小さなまな板の上に卵焼きを載せ、ペティナイフで端っこを薄く切って、悠子はにっこりした。

「今も……死んでしまっても、やっぱり端っこが好き？」

拓己は笑顔で頷《うなず》いて、必要以上に大きな口を開けてみせる。

「もっと分厚く切ればよかったかしら。でも、それじゃ端っこ感が薄れるわよね。さあ、どうぞ……って、食べられるのかしら？」

悠子は恐る恐る、まだ温かいというより熱い卵焼きの端っこを指先でつまみ上げ、さっきよりはハッキリ見えている息子の大口の中へと入れてやる。

卵焼きは、確かに拓己の口の中に消えた。彼の頬と顎《あご》が動き、何度も咀嚼《そしやく》してから、ごくん、と飲み下す音が、確かに海里の耳に届いた。

「食べて……くれたのね。馬鹿なお母さんを、許してくれる？」

『おいしかった』

微かな囁き声が、拓己の口から発せられた。鞭《むち》打たれたように、悠子は全身を震わせる。

『ずっと、食べたかった。ごめんね、おかあさん。……ただいま』

「ありがとう。おかえり。許してくれて、一緒にいてくれてありがとう、拓己」

静かに涙を流す悠子に、拓己はやはり足音もなく歩み寄った。

大きく腕を広げ、自分より小柄な母親を、ギュッと抱き締める。悠子のほっそりした腕も、躊躇《ためら》いながら、それでもしっかりと息子の背中に回される。

『ありがとう。そう伝えたかった。お父さんにも、お母さんにも。やっと言えた』

最後のひと言を溜《た》め息交じりに言い終えると、拓己の姿が再び薄れ始める。

「……あっ」

悠子の悲しい叫びと共に、彼の全身はみるみる小さな粒の集合体になり、その粒は空中にはかなく消えていってしまう。

「……五十嵐君！」

悲鳴のような悠子の声に、海里は頷いた。そして、悠子に歩み寄り、その顔から両手でそっと眼鏡を外す。

「拓己さんも、倉持さんと同じように、卵焼きのことでお母さんと揉《も》めたまま死んでしまったことを、後悔していたんじゃないでしょうか。お二人に気づいてもらえて、きっと安心して……満足して、旅立たれたんじゃないかな」

「あっ。なくなっとる」

キッチンから出ていった繁春は、大きな声を上げた。

「えっ、何がですか？」

心配して、彼がいるダイニングルームへ飛び出した海里に、繁春は、拓己の席のランチョンマットを指さした。

「あのちっこい貝殻が、なくなっとる。……拓己が、持っていったんやろか」

海里は、頷いた。

「おそらく。今度は本当に、思い残すことなく旅立ったって証明なんじゃないでしょうか」

「思い残しなく……か」

繁春は、寂しそうに、しかし確かに満ち足りた笑みを浮かべた。

「そうか。悠子さん、僕らの息子は、やっと独り立ちしたみたいやで」

独り立ち、という言葉に、悠子は驚いたように目を見開き、それから、そっと涙を拭《ぬぐ》った。

「そうね。私たちの親としての役目が、今、とうとう終わったのね」

まだ赤い目の悠子は、やはり寂しさと安堵《あんど》が交じり合った表情を浮かべ、夏神と海里の顔を見た。

「ありがとう、魔法使いさんたち。どうしてこんな奇跡が起こせたのか知りたいけど、訊《き》くのは野暮ってものなのよね？」

どう答えるのが最適なのかわからず、海里は曖昧《あいまい》に肩を竦《すく》める。そんな海里の反応で、そこには言葉ではとても説明できない不可思議な事象があるのだと悟ったのだろう。

「わかってるわ。……ありがとう。感謝だけをお伝えします。本当にありがとう、お二人とも」

繁春も悠子の傍に来て彼女の肩を抱き、同様に感謝の言葉を述べる。

（二人ってのは、倉持さんも繁春さんも、眼鏡が生きてるって知らないだけだからな。お前もちゃんと入ってるから！）

おそらく、海里の手の中でふて腐れているであろうロイドにそう伝えるために、海里は気難しい猫の眉間《みけん》を撫《な》でるような慎重さで、眼鏡のブリッジを指先でそろりと撫でたのだった。

「ねえ、夏神さん」

倉持邸を出て、急な坂道をのんびり下りながら、海里は夏神に呼びかけた。

「おん？」

クーラーボックスを肩に掛けた夏神は、白い息を吐きながら、海里を見た。

「俺も、卵焼きが懐かしくなった」

すぐに、夏神と反対側の隣に人間の姿で現れたロイドが、好奇心に目を輝かせて問いかける。

「ご母堂の卵焼きでございますか？」

すると海里は、首を横に振った。

「ううん。兄貴の」

「ほう、兄上様の？」

ロイドは目を丸くし、夏神は意外そうな声を出した。

「お前のあのお兄さん、卵焼きなんか作ってくれたんか」

海里はこっくりと頷き、説明した。

「俺が小学生の頃、母親はまだ父親の死から立ち直ってなくてさ。けっこういつも具合悪くて、早起きができなかったんだ。だから遠足の弁当なんかは、たいてい兄貴が作って持たせてくれた」

海里は眩《まぶ》しそうに明るい月を見上げ、煙突のように細く息を吐いてクスッと笑った。

「兄貴の焼いた卵焼きは、外側コゲコゲで、中デロデロで、形グチャグチャ。味は甘すぎるかしょっぱすぎるか二択。当時は友達に見られんのが嫌で、弁当箱の蓋《ふた》で隠しながら食ったけど、今となっては懐かしいな。妙に旨かった気さえしてきた」

「そら、舌やのうて、心で味おうたんやろ。煙たい、うるさいと思うとっても、自分のために朝早《はよ》う起きて、せっせと弁当を詰めてくれた兄ちゃんに対する感謝の気持ちは、あったん違《ちゃ》うか？」

海里は少し考えて、「いや」と否定の言葉を口にした。

「感謝なんて気持ちはなかった。誰かが弁当作って持たせてくれるの、当たり前だと思ってたからさ。嫌なガキだよな。今、当時の俺に会えるなら、『てめえで作れバーカ』って言ってやりたいよ」

「ほな、今からでもお兄さんに感謝の言葉を伝えたらどないやねん」

「そうでございますよ。兄上様は、きっとお喜びになります」

夏神とロイドにそう言われた海里は、口をへの字に曲げて「いや」と鈍い返事をした。

「たぶん、お互いなんか気持ち悪い感じになっちゃいそうだから、やめとくわ。その代わり、俺は兄貴からもらったものを、いつか兄貴と奈津さんが特別養子縁組で子供を迎えたとき、その子に渡す」

海里がそう言うと、夏神はニッと笑った。

「そやな。お前やったら、きっと旨《うま》い卵焼きをその、いつか来る子に作ってやれるやろ」

「いや、別に、卵焼きだけじゃなくて」

そう言いかけて、海里は口を噤《つぐ》んだ。夏神の悪戯《いたずら》っぽい視線で、からかわれていることに気づいたからだ。

「いや、そうだな！　とびきり旨い卵焼きを焼いて、おにぎり作って、いい感じの弁当箱に詰めて……。そんで、お前の親父が作った弁当は酷《ひど》かったんだぞーって教えてやろう」

純真なロイドは、海里の言葉の裏を読めず、困り顔で眉《まゆ》をひそめる。

「海里様、そのような意地悪をなさっては、兄上様がお気の毒……」

「酷かったけど、眠い目を擦《こす》りながら、あくび涙をボタボタ落としながら作ってくれた、そのしょっぱーい味が、忘れられない旨さだったんだぞって。お前の親父は、そういうぶきっちょな愛情の塊だから、きっと、腹が立つことも山盛りあるだろうけど、わかってやってくれよなって。俺、きっとそう言うよ」

「海里様……」

早くも茶色い目をウルウルさせ始めたロイドを笑顔で見やり、夏神は海里の綺麗《きれい》に整えた髪を、大きな手でワシャワシャと乱暴に撫で……いや、掻《か》き混ぜた。

「ちょ、夏神さん！　何……」

「それでこそ、俺の弟子や。俺もな、師匠からもろたもん、根こそぎお前にやる。お前がこの先歩いて行く道を、どんだけ照らせるもんかはわからんけど」

そう言うなり、夏神は何故か、スタスタと歩くスピードを上げる。

「あっ！　泣きそうなの隠してる！」

「隠してへん！」

「絶対隠してる！」

海里は夏神の顔を見ようと追いかけ、夏神はムキになって逃げる。

大の男ふたりの、突然始まった子供じみた追いかけっこを、ロイドはゆっくりと坂を下りながら、優しい眼差《まなざ》しで見守っていた。

エピローグ

　肩にふわりと触れられ、それから水の中をたゆたうように優しく揺さぶられて、海里は低く呻《うめ》きながら目を覚ました。

「海里様、海里様！」

　耳元で囁《ささや》く声は、考えるまでもなくロイドのそれである。

「ん……どした？」

　掠《かす》れ声で問いかけ、海里は重い瞼《まぶた》をこじ開けた。

　半ば無意識に、布団のすぐ脇に置いてある目覚まし時計で時刻を確かめる。

　多少寝過ごしても夏神は腹を立てたりせず「疲れとったんやろ」と笑ってくれるが、叱責《しっせき》されないと、逆に自分に厳しくなってしまう海里である。スマートフォンのアラームで起きそびれたときのために、目覚まし時計も必ず活用する。

　時計の針が示しているのは、午前十一時十三分。

　世間的には「超寝坊」だろうが、夜が明ける頃に仕事を終え、そこから後片付け、入浴を済ませてようやく就寝の運びとなる海里には、いささか早起き過ぎる起床時刻である。

「何だよ、もうちょっと寝てていいだろ」

海里はロイドのほうに寝返りを打ち、恨み言を言う。

布団の脇にきっちり正座したロイドは、大真面目な顔で深々と一礼した。

まるで、武士のような端正な所作である。テレビ時代劇熱烈愛好家の面目躍如といったところだ。

「まことに申し訳ないことでございます。僕《しもべ》が主《あるじ》の健康を害するなど、あってはならぬことで……」

「や、そういうのはいいから、何で起こしたんだよ？」

顔を上げたロイドは、やはり時代劇でマスターしたらしきしゃちほこばった口調で告げた。

「おそれながら、お電話に着信があったようにございまする」

言葉遣いはいつにも増して古めかしいのに、内容は見事に現代である。

その乖離《かいり》の面白さで、早く起こされた苛立《いらだ》ちは、綺麗《きれい》さっぱり解消されたらしい。海里は機嫌を直して大きく伸びをした。

「マジで？　全然気がつかなかった」

「よくおやすみでいらっしゃいましたから。かわりに、二十四時間、三百六十五日、常に警戒を怠らないこの忠実な眼鏡が、主への重要なご連絡をキャッチしております……

というのはいささか大袈裟《おおげさ》でございまして、偶然、画面の通知が目に入ったのです」

「知ってた！」

「それが、里中様からのご連絡のようだったのです。よって、緊急事態の可能性もあると考え、敢《あ》えてお起こし……」

「李英から⁉」

李英は既に、平日の海里の生活パターンを熟知している。

思慮深い性格の彼が、海里が寝ている時間帯にわざわざメッセージを飛ばしてくるとは、ただごとではない。

「電話じゃねえから、生死にかかわる事態じゃないとは思うけど、でもあいつ、遠慮するからなぁ。体調悪くなってんじゃねえだろうな」

たちまち睡魔は空の彼方《かなた》へ吹っ飛ばされ、海里は布団の上に身を起こし、慌ただしくスマートフォンを操作した。

「体調悪くなったらメッセージなんかじゃなく電話にしろって何度も……ブッ」

真顔で画面に見入っていた海里は、突然噴きだした。

「どうなさったのです？　いったい何が……」

海里はスマートフォンの画面をロイドのほうに差し出した。

「ちょっと拝見」

海里のほうにぐっと身体を傾けて画面に見入ったロイドは、すぐに「おやおや」と笑みを浮かべた。

画面に大きく表示されていたのは、一枚のスナップ写真だった。

場所は、ボルダリングのジムだ。傾斜のある壁に、カラフルなホールドがちりばめられているのですぐにわかる。

そして、さほど高くはないが、壁のてっぺんあたりにいるのが、李英だった。ヘルメットを被《かぶ》り、満面の笑みで、カメラに向かって片手でVサインをしている。

「チャレンジさせてもらいました！　まだ初心者用ですけど、子供たちに交じって、ようやく完登です！」

そんなメッセージが、写真に添えられていた。

実は先週から、李英はアルバイトを始めた。勤務先は夏神がよく行くボルダリングジム、仕事内容は、受付係だ。

倉持悠子が復帰するまで、海里と共に舞台の留守を預かることを決意した李英は、今やっているリハビリに加え、日常的に声を出し、人と会話する仕事がしたいと、夏神に相談したのである。

真面目な李英は、ジムで働くだけでなく、実際にボルダリングにもチャレンジし始めたらしい。

「ふふっ、『完登』なんて業界用語を早くも使っちゃって。あいつ、場に溶け込むのが早くなったなあ。人見知り、だいぶ克服したんだな」

「努力に加え、里中様の不思議な魅力の賜《たまもの》でもあるのでは？　どこか、放っておけない方と申しますか」

「わかる。『みんなの弟』って感じだもんな、あいつ」

「ええ、ええ。それにしても、いい笑顔をなさっていますね。ぼるだりんぐ、と申しますのは、リハビリにもよいものでございましょうか」

「きっと、いいと思うよ。このさ、凸凹《でこぼこ》してる色んな形の突起はホルダーっていって、これを摑《つか》んだり足を掛けたりしながら、壁を上まで登っていくんだ」

海里は両手で、ボルダリングの動作をしてみせる。

「夏神様がご趣味になさっているのは存じておりますが、海里様もご経験が？」

「ご経験ってほどじゃないけど、テレビのバラエティ番組で、挑戦したことが何度かある。ホルダーはいっぱいあるから、どれを選んでどのルートを登るのが正解なんだろうって頭を使うし、手足だけじゃなくて体幹も強くないとバランスが取れないから、全身運動になるだろ。それでいて自分のペースで登れるから、李英のリハビリにはもってこいじゃね？」

ロイドはふむふむと興味深そうに写真に見入った。

「なるほど。夏神様は、よきところに李英様をご紹介なさいましたね」

「ホントにな。夏神さん、他人に自分の趣味を押しつけたりはしないけど、李英にボルダリングが役立つんじゃないかって思ったんじゃないかな。だから……」

「敢えてジムのアルバイトに、と」

「そうそう。壁を登る人たちを見てたら、ちょっとやってみたくなりそうだもん。はあ、でもよかった。楽しそうだ」

「はい、まことに」

海里は「ナイス！」という、夏神に以前教わった、ボルダリングでクライマーを讃《たた》える言葉を打ち込み、李英に送った。

それを傍らで見ていたロイドも、海里にメッセージ送信をせがむ。

「わたしからも！　是非、その、『ナイスでございます！』と」

「……ございますは要るのかよ？」

「勿論《もちろん》でございますよ」

首を捻《ひね》りながらも、海里は言われたままにメッセージを打ち込み、李英に送信した。ついでに、「グッジョブ！」というスタンプも添えておく。

「……オッケー。ロイドも褒めてんぞ、と。よし、送ったぞ」

「ありがとうございます。李英様が、チャレンジを誇らしく感じてくださるとよいですね」

海里は、スマートフォンの中の李英の笑顔を見下ろし、自分も微笑んで頷《うなず》いた。

「そうだな。『今見える、いちばん高いとこ』……そこに手が届くように頑張る。あいつも、俺も。あいつが、朗読イベントのために、こんだけ頑張ってんだ。俺も、負けてらんねえ」

「その意気でございますよ！」

「倉持さんの弟子として、未来の共演者として、恥ずかしくない朗読をしなきゃ。よっし、早起きした分、時間がある。ちょっと、海まで走ってくるわ！」

力強く宣言すると、海里はバネのようにピョンと立ち上がり、乱れた布団はそのままに、さっそくジャージに着替え始める。

「今見える、いちばん高い場所を目指す……よき指針でございます。あっ、わたしはお留守番で。藤吉郎《とうきちろう》よろしく、ここで海里様のお布団を温めておきます」

「……どこでそういう知識をゲットするんだかなあ」

呆《あき》れと感心が相半ばする呟《つぶや》きを漏らし、いそいそと布団に潜り込むロイドに「どうせなら、俺の寝間着を着ろよ」と言い置いて、海里は元気よく廊下に飛び出した。そして、あまりの寒さに大袈裟な悲鳴を上げたのだった……。

どもども、五十嵐でーす！　今回は、淡海先生宅にパパッと作って届けたサンドイッチをご紹介。シンプルでボリュームがあるから、おうちランチにおすすめ。色々アレンジして楽しんでみてくださいね！

もう一品は、夏神さんがこの前、定食のメインに出したスコッチエッグ。けっこう手間がかかるから、夏神さん、「次に出すんは五年後や！」って言ってました。確かに、時間にゆとりがあるときにチャレンジしてもらうのがいいかも。でも、美味しいっすよ！

イラスト／くにみつ

淡海先生も大満足、簡単ボリューミーなサンドイッチ！

★材料（2人前）

■トマたまサンドイッチ

食パン　4枚（8枚切りくらいが食べやすいと思います。4～6枚切りを使って、オープンサンドにしても！）
トマト　1個
卵　2個
食用油　小さじ2
シュレッドチーズ、または粉チーズ（食べたいだけ）
塩、胡椒、砂糖、片栗粉、バター、粒マスタード（お好みで）　少々

■茄子ベーコンサンドイッチ

食パン　4枚（トマたまサンドイッチと同様に！）
茄子　1～2本（大きさに応じて）
ベーコン　4切れ（薄切り）
みりん、醤油　小さじ2ずつ
胡椒、バター、粒マスタード（お好みで）

★作り方

■トマたまサンドイッチ

❶食パンはこんがりトーストして、バターを塗っておきます。お好みで粒マスタードも。

❷トマトは、皮が気になるようなら湯むきして、一口大に切って、ゼリー状の種は勿体ないけど今回は除いてください。水分が出ちゃうので。卵はよくときほぐしておきます。

❸ここからはパパーッと進めます。食用油(俺は米油かオリーブ油を使います)をフライパンに引いて、中火でトマトを炒めます。ちょっと油が跳ねるんで、手早く。やや強めに塩胡椒して、砂糖をひとつまみ(これはお好みで。俺は入れたほうが酸味が和らいで旨いと思います)パラリ、片栗粉もたっぷりめのひとつまみ、まんべんなくパラリ。

❹トマトから出る汁気が、片栗粉でいい感じにまとまったら、卵を流し入れて、大きく掻き混ぜながら、食パンにちょうどいいサイズにフライ返しでまとめていきます。四角くなったらベストだけど、まあ、そこは大らかに。好みの焼き加減で、トーストの上へ移してください。

❺卵が熱々のうちに、チーズを振りかけて、もう一枚のトーストでサンドします。ふわっふわの卵と、ジューシーなトマトを楽しんで! 味変で、途中でケチャップなんかを足しても旨いですよ。

■茄子ベーコンサンドイッチ

❶食パンはこんがりトーストして、バターを塗ります。やっぱりお好みで粒マスタードを……って、俺は、これについては粒マスタード、大いにおすすめ!

❷フライパンに、敢えて油を引かずにベーコンを炒めてください。焼き加減はお好みで。茄子が柔らかいので、ベーコンはカリッとさせるのがおすすめ。焼けたら、ペーパータオルの上に取って、余計な油を除いてください。

❸6〜7ミリくらいの厚みにスライスした茄子を、フライパンに残ったベーコンの脂で焼きます。火加減は中火、お好みで胡椒を振って、こんがり焼き色をつけてください。

❹茄子が柔らかく焼けたら、みりんと醬油をジャッと絡めてください。みりんのアルコールが飛んで、茄子といい感じに馴染んだら、焦げる前に火を止めて。

❺トーストの上に茄子とベーコンを並べて、もう一枚のトーストで挟んで召し上がれ! わざわざ買う必要はないんですけど、もし……もし、バルサミコ酢が手元にあったら、ちょっとだけ垂らすと、たちまちオシャレ味になります。

夏神さんに教わった、ご馳走スコッチエッグ

★材料(3個分)

卵　できたらLサイズを3個
合挽肉　400gくらい
トマトケチャップ　大さじ1
塩、胡椒
お好みで、マスタード、ナツメグ
小麦粉、溶き卵、パン粉、揚げ油　適量

★作り方

❶沸騰したお湯に卵をそうっと入れて、時々菜箸で動かしながら、静かに沸騰した状態で6〜7分茹でます(6分だと、黄身はとろっとろ。7分だとやんわりとろり、くらいの固まり方です。もっと固めがお好みなら、10分茹でてください)。その間にボウルに氷水を用意しておいて、茹で上がった卵を即座に急冷! 冷めたら殻を剝いて、冷蔵庫に入れておきます。黄身に火が通り過ぎないように注意です。

❷卵を冷やしている間に、肉だねの用意を。ボウルに合挽肉と、塩(小さじ1)、胡椒少々、トマトケチャップ、あとはお好みでマスタードやナツメグを少々加えて、手の指を熊手みたいにして、よく練り混ぜます。肉の色がちょっと薄くなったな、くらいが目指すポイントです。肉が温まるとよくないので、とにかく素早く!

❸調理台にラップフィルムを三枚広げて、三分割した肉だねを一つずつ置いて、平たく広げます。面積は、ゆで卵をちょうど包み込めるくらいに。

❹冷蔵庫からゆで卵を出して、全面にしっかり小麦粉をつけます。それを肉だねの真ん中に一つずつ置き、ラップフィルムごと手の上に載せて、肉だねでゆで卵をすっぽり包みます。ラップフィルムの上から形を整えたら、フィルムを外して、ちょっと水に濡らした指先で、表面を滑らかに整えてください。これがひび割れ防止になります!　アート作品を作るつもりで、ここは丁寧に(何度か作って慣れたら、ラップフィルムなしでやれるかも。でも、初回は安全策を採ったほうがいいと思います。俺は使いました!)。

❺ゆで卵を包んだ肉だねをバットに並べ、ラップフィルムを上からフワッと掛けて、冷蔵庫で1時間休ませます(ええ〜って声が聞こえそうですけど、夏神さん曰く、このあいだに、肉と卵が仲良くなるんだとか。ホントかな……)。

❻冷えて扱いやすくなった肉だねを冷蔵庫から取り出して、小麦粉→溶き卵→パン粉の順番で、しっかり衣を付けます。それから170度の揚げ油に、スコッチエッグを慎重に入れて、6分くらい揚げてください。油はたっぷりめ、スコッチエッグ全体が浸るくらい。入れて3分くらいして、表面がある程度固まってから、時々転がして、揚げ色が均一になるようにすると綺麗に仕上がります。なかなか面倒臭いですけど、初回は一つずつ揚げると失敗がないと思います。

❼揚げ上がったら、油を切り、できるだけ早く半分にカットして、食卓へ!　付け合わせはお好みですけど、生野菜がさっぱりしていいと思います。味が物足りなければ、ケチャップとウスターソースを等量混ぜたものなんかがおすすめ!　最初は完成させるだけでいっぱいいっぱいだと思うんですが、何度か試すうち、卵の黄身を好みの状態に仕上げられるようになると思います。原価やさしめ、ご馳走感たっぷりなので、是非、マスターしてください!　黄身を固ゆでにして作ると、お弁当にもピッタリです。

本書は書き下ろしです。
この作品はフィクションです。実在の人物、団体等とは一切関係ありません。

最後《さいご》の晩《ばん》ごはん

後悔《こうかい》とマカロニグラタン

椹野道流《ふしのみちる》

令和4年 2月25日　初版発行
令和6年 12月10日　再版発行

発行者●山下直久

発行●株式会社KADOKAWA
〒102-8177　東京都千代田区富士見2-13-3
電話　0570-002-301（ナビダイヤル）

角川文庫 23053

印刷所●株式会社KADOKAWA
製本所●株式会社KADOKAWA

表紙画●和田三造

●お問い合わせ
https://www.kadokawa.co.jp/（「お問い合わせ」へお進みください）
※内容によっては、お答えできない場合があります。
※サポートは日本国内のみとさせていただきます。
※Japanese text only

ISBN 978-4-04-111972-3　C0193

◆◇◇

角川文庫発刊に際して

角川源義

第二次世界大戦の敗北は、軍事力の敗北であった以上に、私たちの若い文化力の敗退であった。私たちの文化が戦争に対して如何に無力であり、単なるあだ花に過ぎなかったかを、私たちは身を以て体験し痛感した。西洋近代文化の摂取にとって、明治以後八十年の歳月は決して短かすぎたとは言えない。にもかかわらず、近代文化の伝統を確立し、自由な批判と柔軟な良識に富む文化層として自らを形成することに私たちは失敗して来た。そしてこれは、各層への文化の普及滲透を任務とする出版人の責任でもあった。

一九四五年以来、私たちは再び振出しに戻り、第一歩から踏み出すことを余儀なくされた。これは大きな不幸ではあるが、反面、これまでの混沌・未熟・歪曲の中にあった我が国の文化に秩序と確たる基礎を齎らすためには絶好の機会でもある。角川書店は、このような祖国の文化的危機にあたり、微力をも顧みず再建の礎石たるべき抱負と決意とをもって出発したが、ここに創立以来の念願を果すべく角川文庫を発刊する。これまで刊行されたあらゆる全集叢書文庫類の長所と短所とを検討し、古今東西の不朽の典籍を、良心的編集のもとに、廉価に、そして書架にふさわしい美本として、多くのひとびとに提供しようとする。しかし私たちは徒らに百科全書的な知識のジレッタントを作ることを目的とせず、あくまで祖国の文化に秩序と再建への道を示し、この文庫を角川書店の栄ある事業として、今後永久に継続発展せしめ、学芸と教養との殿堂として大成せんことを期したい。多くの読書子の愛情ある忠言と支持とによって、この希望と抱負とを完遂せしめられんことを願う。

一九四九年五月三日